FC

CATTIVI

Prima edizione in "Feltrinelli Up" ottobre 2022

Illustrazioni interne e di copertina
DILETTA FACHECHI

Progetto grafico
UFFICIO GRAFICO FELTRINELLI

Stampa Grafica Veneta S.p.A. di Trebaseleghe – PD

ISBN 978-88-07-92384-5

FSC
www.fsc.org
MISTO
Carta
da fonti gestite in
maniera responsabile
FSC® C021883

I passi dallo *Strano caso del Dottor Jekyll e Mister Hyde*
di Robert Louis Stevenson sono liberamente tradotti dall'Autore.
Così anche i versi di T.S. Eliot, *The Waste Land* a p. 62
e quelli di Emily Dickinson di *Quite empty, quite at rest* a p. 118.

FRANCESCO CAROFIGLIO

MISTER H.

Siamo gli angeli del male
Non abbiamo tempo
Abbiamo tutto il tempo che serve
Siamo le sentinelle della notte
Ci nascondiamo nei vicoli, negli incubi
nelle camere buie
Ci prendiamo il mondo e non abbiamo paura
Perché la paura siamo noi
Siamo i combattenti, quelli che non si pentono
Quelli che finiscono il lavoro
Quelli che non muoiono

Siamo i Cattivi
E adesso vogliamo parlare

Non sono quello che sembro, dottore.
Sono quello che sono.
Mi disseto come una fiera nei ristori notturni,
bevo il piacere dei tormenti degli uomini.
L'essere che hai evocato è maligno e perverso.

Io sono maligno e perverso.
E non ti darò pace.

So che c'è qualcosa che mi salva, nello scrivere. Specialmente adesso che i miei anni stanno volgendo al termine, così tanti, a riguardarli ora, mentre di fronte a me, sul davanzale della finestra, due giovani cornacchie becchettano sui vetri e fanno una stridula danza d'amore.

Sono un vecchio solitario, uno studioso, un'anima spericolata. Sono stato un illusionista, uno scienziato, uno psichiatra. Ho indagato i misteri della mente e dei sogni, entrando nelle coscienze disfatte di donne e uomini di ogni età, accompagnandoli per un tratto di strada, talvolta dando loro la forza per sopravvivere agli orrori del buio, e talvolta lasciando che fossero loro, inconsapevolmente, ad aiutare me.

Ma mentre il crepuscolo dell'esistenza si tinge di sanguigno, mi tornano alla mente le stagioni straordinarie della giovinezza, nelle quali tutto pareva in bilico sull'immortalità.

Avevo un corpo forte e una mente rapida, ero curioso del mondo, di ogni suo mistero, che ho provato a indagare con la stessa fame insaziabile dei predatori notturni della savana.

Volevo cibarmi di pensiero, azioni, vite. Di arte, bellezza e del suo opposto, la consistenza delle anime nere, in grado

di produrre, a loro modo, una forma d'arte terrifica e stupefacente.

Adesso, mentre scrivo il mio diario, l'ennesimo volume di una serie che arreda una parete intera della mia biblioteca, adesso, forse perché sento avvicinarsi quella soglia ineffabile che ci rende uguali, santi, eroi, assassini, cerbiatti, alligatori, adesso, dicevo, mi tornano in mente gli accadimenti che segnarono gli anni del mio soggiorno londinese, mentre mi specializzavo negli studi e intraprendevo la mia professione.

E mi tornano in mente, in particolare, gli eventi inspiegabili, e mai spiegati, che mi portarono a credere che il mio cervello, la mia stessa costituzione fisica, fossero prossimi al tracollo della follia. Ma non tutto quello che possiamo spiegare esiste davvero, non tutto quello che non possiamo spiegare non esiste.

Mi chiamo Leonardo Byron Palamides, psichiatra, illusionista, indagatore dell'incubo.

Quello che sto per raccontarvi è successo moltissimi anni fa. O forse non è mai successo, ma questo non significa che non sia mai esistito.

Arrivai a Londra nella primavera del 1929, quando ancora pareva che il torrente impetuoso degli anni ruggenti potesse scorrere libero tra le nazioni. Ero del tutto ignaro di come il mondo sarebbe mutato, di lì a pochi mesi, per poi cambiare ancora, fino ai disastri del decennio che seguì.

Ma quella primavera la città era animata dai fermenti e dalle promesse di un futuro radioso, e sembrava aver superato definitivamente i traumi della Grande Guerra.

Giungevo a Londra dagli Stati Uniti, dove avevo studiato per diversi anni e vissuto al seguito del più grande escapologo della storia, Erik Weisz, in arte Harry Houdini.

Come probabilmente saprete, gli escapologi sono quei prestigiatori in grado di liberarsi dalle costrizioni fisiche, manette, gabbie e altre diavolerie, oppure di fuggire da camere sigillate senza vie di fuga. Harry aveva un talento stupefacente, in uno dei suoi numeri più famosi restava appeso per i piedi, stretto in una camicia di forza, chiuso senza scampo dentro un cilindro pieno d'acqua e sigillato. Qualche secondo dopo era libero, sorridente, sfrontato, dinanzi al pubblico dei teatri in delirio.

Per anni ho provato a emularlo, a carpire i segreti della sua arte, ma non ci sono mai riuscito. Un destino cupo e beffardo ha interrotto i miei tentativi, proprio quando ero vicino a eguagliare il mio maestro. Ma questa è una storia dolorosa che mi affatica raccontare e che porterebbe altrove, mi preme però ricordare ancora qualcosa del mio rapporto con Houdini. Dopo la sua morte, avvenuta prematuramente alla fine del 1926, ho cominciato a indagare le tortuose vie dello spiritismo e dei fenomeni che la controversa disciplina della parapsicologia raccoglie sotto il termine *paranormale*. Chiaroveggenza, precognizione, telepatia, percezioni extrasensoriali, esperienze extracorporee e altro ancora. Houdini era un fiero oppositore dello spiritismo, e negli ultimi anni della sua vita aveva dedicato molte energie a smascherare le cialtronerie dei medium, svelando, grazie al suo straordinario talento per la prestidigitazione, i trucchi che avevano ingannato chiunque, anche scienziati e accademici. Dopo la sua scomparsa, in seguito a un accidente fisico che lo uccise a soli cinquantadue anni, lasciò nelle mani della povera Bess, sua moglie, un misterioso messaggio in codice che le avrebbe consentito di riconoscerlo, dall'Aldilà, nel corso di una seduta spiritica. Il messaggio che aveva consegnato a sua moglie era un'arma, l'ultima a sua disposizione, per dimostrare che non vi era, e non poteva esserci, alcun contatto con l'Aldilà. Nessun fantomatico Harry Houdini, evocato da un medium, avrebbe saputo riferire il codice segreto di cui solo sua moglie era a conoscenza. E così andò, a quanto pare.

Per ben dieci anni, la notte di Halloween, Bess tenne una seduta spiritica, ma nessun medium fu in grado di riferire le parole del codice: *Rosabelle, rispondi, parla, prega, rispondi, guarda, parla, rispondi, rispondi, parla.*

Una volta ho partecipato anche io a una di quelle sedute, era il 1928. In quella circostanza il medium, un tale Arthur

Ford, riferì le parole che lo spirito evocato gli aveva trasmesso, lo fece con un filo di voce, e a me parve di sentirne alcune, di quelle presenti nella sequenza, o forse tutte, addirittura. Ma non sono in grado di dire se quel ricordo sia veritiero o generato in parte dal grande turbamento di quella notte. La nostra memoria a volte genera mostri.

Sono stato quindi anche io un oppositore convinto dello spiritismo e dei fenomeni soprannaturali, fino a un certo punto della mia vita. Per questo motivo mi risulta difficile raccontare gli straordinari eventi che seguirono l'estate del 1929.

Ma prima che la mia mente sia offuscata dalle ingiurie del tempo voglio provarci. Lo devo al ragazzo di allora, ai suoi sogni, alla sua insaziabile curiosità, alle promesse di una vita gloriosa che non si è mai davvero avverata. Perché sogni e curiosità, nei turbini dei disastri del mondo, mi hanno sorretto, persino tenuto in vita, anche nei momenti più bui della mia esistenza.

Avevo ventinove anni, quando arrivai a Londra, dopo avervi soggiornato da ragazzo. Nonostante la mia ancor giovane età avevo già molto vissuto. Mio padre era stato un antropologo di una certa fama e spesso mi aveva portato con sé nei suoi viaggi. Ero stato in India, Asia Minore, America del Sud. Avevo conosciuto usanze, costumi e misteri di popoli lontanissimi, imparando ad affrontare molto presto le insidie del mondo.

In quegli anni Londra era una città in grande fermento, stava mutando volto rapidamente, la nascita di nuovi quartieri e sobborghi aveva fatto lievitare vertiginosamente la sua popolazione. Contava oltre otto milioni di abitanti, era una metropoli piena di contraddizioni, sempre in bilico tra la modernità e i gloriosi retaggi della società vittoriana. L'ho molto amata, anche negli anni più duri della depressione e,

poi, del conflitto mondiale. Fino a volerla lasciare più tardi, quando per tanti motivi non mi è più sembrato di riconoscerne i suoni, le voci, persino l'odore.

Sono un sangue misto, mio padre era spagnolo, mia madre inglese di padre italiano. Devo il mio nome alle loro passioni, per l'arte, per la letteratura, che mia madre in particolare ha coltivato per tutta la vita. La ricordo, ormai vecchia, seduta sulla sua poltrona di vimini, intenta nella lettura di un libro, fino allo spegnersi naturale della luce del giorno. Sono stato uno sportivo, ho praticato il pugilato, ero nella squadra di atletica leggera nel collegio che frequentavo, e ho anche rischiato di essere selezionato per i Giochi Olimpici di Anversa. Ma poi la vita ha preso un altro corso.

La mia famiglia possedeva una casa a Londra, a Paddington, rimasta chiusa per anni, dopo la prematura dipartita del nonno. La nonna era andata ad abitare da una sorella nubile, perché non riusciva a tollerare la solitudine di quella grande dimora vuota. Insieme vissero per molti anni ancora, isolate dal mondo. Quando mi trasferii decisi di soggiornare proprio lì, in quella casa che al crepuscolo pareva un grosso rapace pronto a spiccare il volo.

Era bella e misteriosa, piena di punte e pinnacoli, secondo l'impronta neogotica che segnò per alcuni anni lo stile di molte ville urbane della capitale. Londra era una città diversa da tutte le altre, nei suoi fasti e nelle sue miserie, era una città-mondo, segnata da mille geografie reali e immaginarie, letterarie, psicologiche, alchemiche.

Per un giovane assetato di conoscenze era il luogo perfetto della ricerca, del perdersi, del ritrovarsi inaspettatamente. Ero alla caccia dei demoni, dei segnali invisibili delle esistenze, delle voci. Londra è stata sempre una città di voci e di silenzi.

Ricordo molto bene il mio arrivo, in una chiara giornata di primavera.

Il cielo, di un azzurro glorioso, era attraversato da nuvole candide, e la luce nitida che segue i giorni di pioggia faceva scintillare i vetri delle finestre e i pomi adunchi sulla cima delle inferriate. L'erba del prato antistante all'abitazione era stata tosata da poco, anche le siepi sui lati della recinzione erano state potate, nelle forme rigorose di una perfetta geometria euclidea.

Chadwick, il domestico del nonno, che mi era sempre parso vecchissimo, venne ad aprirmi e si lanciò sulle mie valigie per portarle all'interno, rivelando una agilità inimmaginabile in quel corpo secco e ricurvo. Provai a opporre resistenza, dicendogli che me ne sarei occupato io stesso, ma non ci fu verso di convincerlo.

Salimmo gli scalini che immettevano nel portico, ed entrammo in casa. Mi sembra di sentire ancora quell'odore. Chadwick aveva lustrato ogni cosa, ogni singolo oggetto, tutte le superfici lignee delle scale, dei mobili, dei corrimano. E la casa profumava di cera d'api e trementina, un odore talmente intenso che all'inizio dovetti tenere un fazzoletto sul naso perché mi lacrimavano gli occhi. Senza dire nulla portò le valigie al piano di sopra, orientando il corpo in una inclinazione quasi innaturale a ogni gradino, e io temetti che da un momento all'altro potesse cedere di schianto. Non cedette. Sparì oltre la rampa e andò a sistemare i bagagli nella camera da letto.

Mi guardai intorno. La luce entrava dalle finestre e rendeva splendente ogni cosa, ma di uno splendore antico, come quello di certi gioielli custoditi in una teca. Distante. Perenne.

Io non so dire adesso quanto gli eventi che quella casa vide accadere mi condizionino nel ricordo di quel mio primo

giorno, ma davvero mi sembra che i bagliori improvvisi della cristalleria, lo scintillio dei bicchieri, delle posate, disposti tutti in ordine impeccabile dentro le vetrine del salone, preannunciassero quell'inversione dei mondi, quell'avvicinarsi del buio che di lì a poco sarebbe entrato in quelle stanze, in quella casa. In quella città.

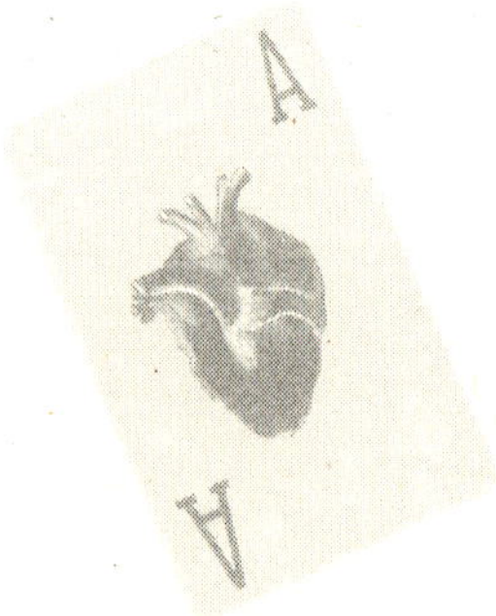

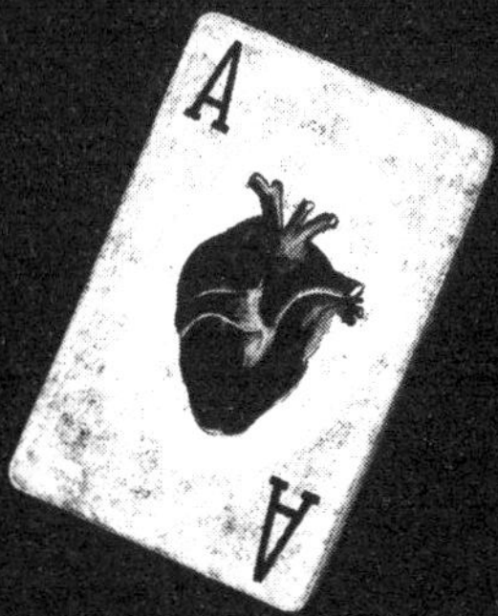
A
A

Trascorsi le prime settimane, i primi mesi, in una specie di euforia alcolica: ebbro per le sollecitazioni di quel mondo mobile, non facevo che guardare, scoprire, cercare. Mentre sistemavo le mie cose e preparavo lo studio per accogliere i pazienti, l'estate passava, e io visitavo i musei, gli atelier degli artisti, facevo sport, andavo ad ascoltare concerti, assistevo alle rappresentazioni teatrali, alle performance di prestigiatori e fantasisti.

Presi inoltre a frequentare l'Electric Cinema di Notting Hill, dove proiettavano ancora i capolavori del cinema muto. Ricordo di aver visto, tra gli altri, *Il gabinetto del dottor Caligari* di Robert Wiene, *Nosferatu* di Murnau e *Il Dottor Mabuse* di Fritz Lang. In quei film c'era qualcosa di sinistro e preveggente, ma allora amavo soltanto immergermi nel buio della sala, mentre il pianoforte accompagnava le immagini sullo schermo.

Una sera di settembre, dopo la proiezione, mi recai in un pub dalle parti di Kensington e vi rimasi per un paio d'ore, mangiando qualcosa, ma soprattutto bevendo. L'ambiente, stretto e lungo, era avvolto da nubi di fumo che rendevano

le figure umane delle sagome indistinte. Portavo sempre con me un blocchetto dove appuntavo ogni cosa, disegnando a margine quello che mi colpiva, il profilo di una donna dal naso aquilino, gli intagli zoomorfi della boiserie di legno scuro, le mani, tutte le mani possibili, intorno a me. Mi impressionò, in particolare, un uomo che se ne stava in disparte, bevendo e mangiando avidamente. C'era qualcosa di ferino nei suoi occhi accesi, che teneva a distanza gli altri, ma che, in qualche modo, mi attraeva. Schizzai più volte il suo ritratto, quel naso adunco, la mascella che si muoveva vorace, immaginandomi chissà quale sua, lombrosiana, attitudine al male.

"Congratulazioni!"

Una voce dal colore indefinibile mi distolse dai pensieri in cui ero immerso.

"Le chiedo scusa, ma non ho potuto fare a meno di osservare i suoi bellissimi disegni."

"Grazie..."

"Mi permetta di presentarmi, sono Reece Mason, professore di Storia Antica allo University College."

"Leonardo Byron Palamides, psicoterapeuta."

Mi alzai per stringergli la mano. Era un uomo tra i cinquanta e i sessant'anni, paffuto e con i capelli biondi che scendevano a boccoli sulle tempie.

"Psicoterapeuta? Molto interessante. Mi scusi, ho colpevolmente dimenticato di presentarle la dottoressa Berenice Holmes."

Dietro di lui comparve una donna molto più giovane, dimostrava poco più di vent'anni, snella e con i capelli neri acconciati secondo l'uso dell'epoca, corti e attraversati da onde lucenti.

"Molto lieto."

Mi sorrise, senza dire nulla. Aveva gli occhi celesti che un trucco scuro rendeva ancora più luminosi.

"Berenice è la mia assistente. La più giovane e promettente egittologa di Londra."

"Egittologa..."

"Ed è anche mia nipote."

L'uomo mi guardò e scoppiò in una improvvisa e fragorosa risata, nel corso della quale il panciotto candido sobbalzò ritmicamente.

"Ha pensato che fossi un mascalzone, lo ammetta. Che ci fa un vecchio signore con una così bella fanciulla?"

"Ma no..."

"Posso offrirle da bere?"

"Stasera ho un po' esagerato..."

"Un French 75 non potrà farle male!"

Fece un cenno al cameriere che si avvicinò per prendere l'ordinazione e portò due sedie su cui l'uomo e la donna si accomodarono.

"Lo conosce, immagino."

"Cosa?"

"Il French 75... ma come, mio giovane amico, è il cocktail più di moda qui a Londra."

"Non vorrei deluderla, ma sono poco incline alle feste e ai salotti."

"Harry's Bar di Parigi. È lì che è stato inventato. Prende il suo nome dal tristemente noto mortaio da settantacinque millimetri usato dall'esercito francese durante la Grande Guerra."

"Ah..."

"Tre centilitri di gin, uno e mezzo di succo di limone, due gocce di sciroppo di zucchero e sei centilitri di champagne. All'interno dello shaker si versano il gin, il succo di limone e lo sciroppo di zucchero. Dopo aver shakerato energicamente, si versa il tutto in una flûte, dove si aggiunge in due tempi lo champagne. Prima di servire si dà una leggera mescolata con un *bar spoon*."

"Beh... intuisco brillantemente che su questo argomento non avrei alcuna chance di stupirla, professore."

"E su cosa può stupirmi, allora? Mi dica. Mi piacciono le sfide."

Lo guardai e sorrisi, mentre il cameriere si accostò al tavolo con i calici.

"Cuori."

"Cuori?"

"Già."

"Non capisco."

In quell'istante notai che la ragazza mi stava scrutando, incuriosita.

"So esattamente quanti cuori ha nel petto."

Il professore mi guardò, indeciso se scoppiare nuovamente a ridere o preoccuparsi.

"Potrebbe essere meno criptico?"

"Facciamo così, risponda alla mia domanda: quanti cuori ha sotto il panciotto, che per inciso è molto elegante?"

L'uomo arrossì, spiazzato dal complimento, cui sembrava essere molto sensibile.

"A meno che io non sia uno scherzo della natura, ahimè, temo di avere un cuore soltanto."

"Ne è proprio sicuro?"

"Ne ho solo uno, sì."

"Sbagliato."

"Davvero?"

"Davvero."

"Non mi tenga sulle spine."

"Ne ha due. Uno è quello che batte dentro di lei..."

"E il secondo?"

"E il secondo... ce l'ha in tasca. Permette?"

Mi avvicinai e gli sfilai dal taschino del panciotto una luccicante carta francese. Un asso di cuori, appunto. L'uomo

si ritrasse per un istante, come smarrito, si toccò il petto e scoppiò nuovamente a ridere.

"Questa è bella davvero... lei, Palamides, è un giovane pieno di sorprese. Mi ha stupito, lo ammetto. Ora però deve dirmi come ha fatto."

"Non posso, mi spiace. I maghi non rivelano mai i loro trucchi."

Berenice continuava a fissarmi, il suo sguardo adesso sembrava più che incuriosito. Una piccola fossetta sulla guancia destra denunciava un sorriso inquieto. Bevemmo i nostri cocktail e chiacchierammo amabilmente. Mason e io, lei rimase quasi sempre in silenzio. La osservai meglio, provando a non essere indiscreto. Lo sguardo profondo e il corpo agile inguainato in un abito scuro che le lasciava scoperte le braccia. C'era qualcosa, in quegli occhi, che mi creava una inquietudine leggera, come se potesse attraversarmi, osservare dentro di me.

Alle ventidue mi congedai da loro, dovevo rientrare e la mia resistenza all'alcol sembrava giunta al suo limite. Ci scambiammo gli indirizzi e promettemmo di risentirci.

"Mi piacerebbe invitarla da me una sera, se le fa piacere."

"Certo, non ho ancora installato l'apparecchio telefonico, ma può facilmente raggiungermi con un telegramma."

"Molto bene, caro Palamides. Lo farò presto."

Ci stringemmo la mano, la sua era morbida e paffuta, come le sue guance imberbi. Accostai le mie labbra alla mano di lei, che mi fece un cenno col viso. Poi uscii dal locale.

Fuori era rinfrescato molto, e il cielo mandava i riflessi lividi delle luci notturne. L'uomo che avevo ritratto si allontanava ondeggiando in un soprabito fuori misura che rendeva ancora più bizzarra la sua andatura. Poi sparì dietro un angolo.

Il cielo si era coperto di nuvole. Stava per arrivare un temporale.

Io sono qui. Se mi cerchi mi trovi.
Se ti cerco ti trovo, dovunque tu sia.
Segno il mio nome sul muro,
con lettere fiammeggianti.
Come quelle che bruciano, nella tua anima.
Le lettere della condanna.
Le lettere della tua condanna.

La primavera a Londra è un inaspettato tripudio di colori, i parchi si riempiono di tulipani, narcisi, gli alberi di magnolie diffondono quell'inconfondibile odore dolciastro che produce alla lunga l'effetto suadente dell'oppio. Io ho sempre amato settembre, però, quando i colori si fanno meno accesi, e tutto sembra raccogliersi in una tiepida attesa, prima che l'autunno sfogli gli alberi e insanguini i parchi di foglie scarlatte. Prima che arrivi l'inverno.

Avevo ormai avviato la mia attività, ricevevo i pazienti in un'ala della casa adattata a studio. Insieme con Chadwick avevamo sgombrato alcune stanze dalle vecchie suppellettili e arredato nuovi spazi con altri mobili e librerie. Si riempirono presto di libri e di tutti i cimeli che avevo accumulato nei miei viaggi. Sugli scaffali della sala più grande erano ammassati vecchi orologi, maschere tribali, ampolle, congegni meccanici, teste di animali impagliati, lance, coltelli, una vecchia armatura di cuoio, il modello di un automa settecentesco che avevo acquistato in Francia e per terra, accostato a un divano, persino lo scheletro di un coccodrillo.

La stanza dove ricevevo era più raccolta e più adatta alla concentrazione e al rilassamento. C'erano un grande tappeto indiano, due poltrone di pelle scura, un lettino, una scrivania e alle pareti alcune mappe nautiche, una serie di disegni incorniciati e un manifesto a cui ero molto affezionato. Rosso e giallo, con al centro la figura di un uomo con le mani e i piedi ammanettati, e sui lati una sequenza di altre mani in catene, in alto una scritta recitava: *Houdini, il re della fuga e dell'illusionismo.* Più in basso, meno visibile: *L'uomo che ha sfidato la morte.*

I miei primi pazienti furono un signore affetto da un disturbo ossessivo che lo portava a lavarsi ripetutamente e compulsivamente le mani, e a temere ogni contatto fisico che non fosse protetto da guanti che, per inciso, non toglieva mai neanche nel corso delle sedute. E una signora un po' *âgée*, convinta che il marito, ormai settantenne, la tradisse con sua sorella. Mi raccontava i suoi incubi nel corso dei quali, nel mezzo di avventure rocambolesche, riusciva a scoprire l'uomo in flagranza di adulterio nelle situazioni più disparate e bizzarre: in chiesa, durante la lettura del Libro delle preghiere, nel boudoir di una villa principesca abitata da sole donne, dentro una carrozza trainata da cavalli neri sul ciglio di uno strapiombo.

In certi casi i racconti dei pazienti disegnavano scenari di una involontaria e irresistibile comicità. Altre volte però accadeva il contrario. I racconti dei sogni erano inghiottiti nelle tenebre della paura e del pericolo, che sembrava accompagnarli anche nelle ore di veglia.

Una sera pioveva a dirotto, avevo appena terminato l'ultima seduta della giornata e stavo rimettendo ordine nei miei appunti, quando il suono stridulo del campanello gracchiò nel silenzio della casa vuota. Mi alzai per andare ad aprire.

Dietro i riquadri della porta a vetri si disegnò una sagoma scura, quando aprii, sotto il lume d'ingresso, si parò un uomo, vestito all'antica, con un cappello che ne nascondeva in parte i lineamenti.

"Il dottor Palamides?"

"Sì..."

"Potrebbe dedicarmi qualche minuto?"

Sentii un ronzio nelle orecchie, che si chiusero e si riaprirono, come accade viaggiando in un treno che attraversa una galleria.

"Di cosa si tratta? Le sedute riprenderanno..."

Per qualche istante ebbi la sensazione di non riuscire a scandire bene le parole, il suono mi pareva stonato.

"È una faccenda... alquanto delicata, le chiedo solo pochi minuti."

Esitai ancora, poi mi scostai e lui entrò in casa. L'uomo si diresse nel salotto, come se conoscesse la strada, e io lo seguii. Si accomodò sul divano, io presi posto sulla poltrona di fronte a lui. Tolse il cappello e lo pose accanto a sé, poi mi guardò.

"Non mi ha detto il suo nome."

"Ha ragione. Non voglio che pensi che io sia scortese, la prego, mi conceda di dirle tutto con calma."

"..." Restai in silenzio, interdetto.

"Mi consenta di illustrarle il motivo della mia visita."

L'uomo si passò la mano sul volto e proseguì. Era venuto a sapere da certi conoscenti, disse, dei miei studi sui fenomeni dissociativi della personalità. Da tempo cercava qualcuno con cui confrontarsi, voleva sottopormi un caso che avrebbe riscosso, ne era certo, il mio interesse.

"Si tratta di una persona a me vicina, a cui tengo molto."

Questa persona attraversava un momento difficile, disse, la sua tenuta nervosa era messa a dura prova da continui e

crescenti fenomeni di smarrimento, durante i quali pareva allontanarsi dalla realtà. Nel corso di queste crisi sembrava perdere il controllo delle proprie azioni. Mi resi conto che mentre parlava il suo viso era attraversato da minuscole contrazioni, un tic che gli serrava appena le labbra. Lo invitai a continuare.

"Il mio amico evita ormai di incontrarmi da un pezzo. Comunichiamo solo a mezzo di messaggi che il mio domestico provvede a smistare. Sono preoccupato."

"Di cosa è preoccupato, esattamente?"

"È come... una sorta di presentimento, ho la sensazione che possa accadere qualcosa di irreversibile, da un momento all'altro."

"Cosa intende per irreversibile?"

"Temo che il mio amico possa perdere totalmente il controllo e compiere... un atto grave."

Rimase in silenzio, come per riprendere fiato. Lo guardai meglio, provando a mettere a fuoco l'immagine del suo viso. Mi accorsi che le scarpe che indossava erano di un gusto decisamente dissonante rispetto all'austera eleganza dell'abito. Erano incrostate di terra, come se avesse corso a lungo in un campo fangoso.

"E io... come posso aiutarla?"

"Vorrei poterle raccontare la sua storia. In questo modo forse riuscirei finalmente a essergli utile."

"Perché non suggerisce al suo amico di venire lui stesso a parlarmi?"

"Non verrebbe mai di sua volontà, e non ho alcuna possibilità di convincerlo a farlo."

"..."

"Lo so, la cosa può apparirle bizzarra. Le chiedo solo di pensarci, mi farò vivo io stesso quanto prima per conoscere la sua decisione. È d'accordo?"

"Va bene..."

"Adesso non voglio disturbarla oltre, l'ho già importunata abbastanza."

Si alzò dal divano, risolutamente, e lo accompagnai alla porta. Prima di congedarsi aggiunse alcune parole che mi parvero allora decisamente misteriose.

"La lascio con un quesito. Vorrei che riflettesse su una sollecitazione di tipo... intellettuale. Se avremo agio di rivederci, le sarò davvero riconoscente se vorrà rispondere a questa mia interrogazione. Quale azione, secondo la sua opinione, è da ritenersi... cattiva?"

"..."

"E in una forma ancora più precisa... chi è un uomo cattivo?"

Rimasi qualche istante in silenzio, frugando nei suoi occhi, alla ricerca di un indizio che giustificasse quella domanda. Poi feci un cenno col capo e gli dissi che ci avrei riflettuto.

Ci stringemmo la mano. Si girò e si allontanò velocemente.

Rientrai in casa e tornai nello studio. Rimasi a pensare a quello strano incontro, e mi parve che tutto intorno a me fosse sospeso, che il tempo stesse rallentando, in una quiete quasi innaturale. Nessun movimento, nessun rumore.

Poi il campanello suonò nuovamente, pensai che l'uomo avesse dimenticato qualcosa e andai ad aprire. Un ragazzo avvolto in una mantella si affacciò, zuppo d'acqua, nel portico con in mano una busta.

"Il signor Palamides?"

"Sì."

"Da parte del professor Mason."

Mi porse la busta, si voltò e salì rapidamente in sella a una bicicletta, poi sparì in fondo al viale, sotto la pioggia.

Rientrai e posai la busta sul tavolino, era tutta bagnata, e

il piccolo sigillo di ceralacca sembrava sciogliersi in una macchia più scura che invadeva quasi per intero la superficie. Aprii con un tagliacarte e lessi il biglietto.

Gentile amico,
sarei lieto di averla da me, domani pomeriggio al 22 di Berkeley Square, il tè sarà servito alle 17 in punto. Sarà mia cura inviarle un'automobile presso la sua abitazione.

Non c'era scritto nient'altro, sul retro del foglio piegato in quattro, le iniziali a rilievo sulla carta avorio: RM.

Lasciai il foglio sul tavolino e sorrisi, non c'era spazio per il dubbio nella risposta a quell'invito. E se avessi avuto altro da fare, *domani pomeriggio*? In realtà non avevo nessun impegno, in genere trascorrevo il sabato girovagando per la città. Mi tornò in mente il viso enigmatico di Berenice, quello sguardo che mi attraeva e mi inquietava un po'. "Va bene," dissi ad alta voce, "ci vediamo domani, professore."

L'automobile era ferma fuori di casa alle 16.30 in punto. Non aveva più smesso di piovere, dalla sera prima. L'estate era finita da un pezzo e un inverno crudele, prima o poi, sarebbe arrivato. Rimisi a posto la tenda e mi sistemai la cravatta davanti alla specchiera, poi presi l'ombrello e uscii. Il selciato era percorso da pozze d'acqua nera che riversavano piccoli rigagnoli sul terreno, come crateri visti da un aeroplano. Chiusi il cancello alle mie spalle ed entrai nell'auto.

L'autista mi condusse silenziosamente attraverso le strade che scendevano verso Paddington e poi costeggiavano Hyde Park, le intermittenze delle luci a incandescenza rendevano quel tragitto, sotto la pioggia battente, una cupa visione impressionista.

Arrivammo a destinazione, salutai l'autista, il suo naso grifagno, di profilo, pareva enorme, sproporzionato rispetto al viso affilato. Suonai il campanello e dopo pochi istanti un domestico dalla pelle olivastra venne ad aprirmi, impassibile.

Una voce ruppe il silenzio.

"Dottor Palamides! Che piacere vederla."

Mason mi venne incontro sorridendo. Ci stringemmo la mano, la sua era sempre un po' flaccida.

"Sono molto felice che abbia accettato il mio invito."

"Ho avuto la sensazione di non avere alternative."

Accennò quella sua risata crepitante e mi accompagnò in casa, facendomi strada verso il salone dove erano già presenti gli altri invitati. Attraversammo la biblioteca, dove erano disposti centinaia, migliaia di volumi lungo tutte e quattro le pareti. Le librerie correvano fino alla volta azzurrina, istoriata da scene di caccia, dal centro della quale scendeva un poderoso lampadario di cristallo.

"Che meraviglia!"

"Questo è il mio regno, conservo oltre ventimila volumi. Venga, voglio presentarla agli altri."

Attraversammo un disimpegno ed entrammo nel salone: erano tutti già accomodati sui divani disposti ad anello intorno a un tavolo basso. Mason mi presentò un suo collega poco più giovane, Steve Palmer, che insegnava allo University College, sua moglie e una anziana signora dal viso imbellettato, da cui spuntavano due labbra raggrinzite vistosamente vermiglie. Natalja Nikolaevna Skobčova era una nobildonna russa, diretta discendente dello zar Alessandro terzo, *il pacificatore*. Evitai di chiederle come mai fosse a Londra, considerando che lo zar Nicola secondo, figlio proprio di Alessandro terzo, era stato fucilato a Ekaterinburg una decina di anni prima.

"Molto lieto."

Feci un goffo inchino a cui lei rispose con un sorriso obliquo, per nulla accondiscendente. Mi guardai intorno, Berenice non c'era.

Il tè fu servito alle diciassette in punto, e con il tè sandwich e pasticcini. Cominciai a sentirmi a disagio quando mi accorsi che non rispettavo nessuna delle regole del rituale:

lasciare il piattino sul tavolo, non mescolare latte e tè con movimenti circolari del cucchiaino e non toccare la tazza, se non con l'indice e il pollice sull'impugnatura. Ma, tutto sommato, superato il primo impaccio, mi adattai velocemente.

Fu un pomeriggio piacevole. Chiacchierammo di arte, musica; ascoltai con interesse i racconti di Mason sui suoi viaggi in Egitto, e io raccontai qualcosa dei miei, quelli da ragazzo con mio padre e l'ultimo in Italia, l'anno prima di trasferirmi a Londra.

"Non c'è bellezza paragonabile a quella di Firenze."

"Sono d'accordo con lei, caro Palamides. Adoro anche io l'Italia, ma a volte penso che tutto quel sole possa nuocere alla salute."

Mason scherzava amabilmente, gli altri sorridevano, la nobildonna seguiva la conversazione annuendo, e, di tanto in tanto, diceva qualche parola nell'inconfondibile accento del suo paese di origine. Poco prima delle diciotto squillò il campanello, e subito dopo si affacciò sulla soglia del salone Berenice, con un soprabito verde petrolio e un cappellino nero.

Io mi alzai di scatto, rischiando di catapultare la tazzina di porcellana, e lei ci venne incontro, tendendoci la mano.

"Mi scuso per il ritardo, ma un impegno improrogabile mi ha impedito di essere puntuale."

Tolse il soprabito e si accomodò sulla poltrona di fronte alla mia, portava un paio di pantaloni ampi e morbidi con la vita alta e una maglia a righe orizzontali con lo scollo alla marinara. Accavallò le gambe in un gesto quasi virile ed estrasse dalla borsetta un portasigarette d'argento, ne prese una e la accese con un accendino rivestito di giada che pose subito dopo sul tavolino. Aspirò profondamente e soffiò una nuvola di fumo che rimase sospesa per un po' prima di disperdersi nell'ambiente. Aveva un modo di muoversi, di fuma-

re, di guardare, che mi pareva insieme straniero e familiare. Conversammo un po', e scoprii che Berenice era anche un'amazzone, campionessa di dressage, e aveva persino posato per una famosa marca inglese di stivali. Palmer invece era appassionato di automobili da corsa, e mi invitò ad assistere alle competizioni che si tenevano nel circuito di Brooklands, a sud di Londra. Ammetto che simulai interesse per attività che non mi appassionavano affatto, ed ebbi la sensazione che Berenice se ne fosse accorta.

"Venga, Palamides, voglio mostrarle una cosa."

La voce di Mason mi distolse dalla conversazione, mi alzai e lo seguii in biblioteca. La ragazza continuava a osservarmi, con uno sguardo indecifrabile.

"Dopo mesi di trattative, sono entrato in possesso di un oggetto prezioso che custodisco gelosamente."

Si chiuse la porta alle spalle e mi condusse in uno studiolo il cui accesso era mascherato da una scaffalatura mobile. Entrammo e accese un lume sullo scrittoio, poi prese da un cassetto una scatola di legno intarsiata, e prima di aprirla mi guardò negli occhi.

"Io sono un uomo che si fida del suo istinto, e il mio istinto mi dice che devo mostrarle questa meraviglia. Conto sul fatto che lei faccia sua questa confidenza con grande riservatezza."

"Certo..."

Infilò un chiavino di metallo in una piccola feritoia nascosta tra gli intarsi e fece scattare la serratura. Aprì la scatola e tirò fuori un sacchetto di velluto color porpora, estraendone con prudenza un oggetto. Lo posò con delicatezza sul tavolo e vi indirizzò la luce del lume.

"Ecco... sa di cosa si tratta?"

Era una croce d'oro, lunga una ventina di centimetri, con

la parte superiore incurvata in un anello ellittico, costellata di pietre dure.

"È un'*ankh*?"

"Esattamente. Una croce ansata egizia, proveniente dalla tomba di un sacerdote della diciottesima dinastia."

"Tutankhamon?"

"Esattamente. Caro Palamides, sapevo che mi avrebbe dato grandi soddisfazioni."

"È bellissima."

La Chiave della Vita è un antico simbolo egizio il cui significato non è mai stato del tutto chiarito. Mason mi raccontò che quell'oggetto era ancora un mistero. Alcuni egittologi sostenevano che fosse una rappresentazione del grembo materno, altri che fosse una stilizzazione dei genitali nell'atto di unirsi, o ancora una rappresentazione del sorgere del sole.

"Io invece resto convinto che sia il simbolo dell'immortalità. Il termine *ankh* significa chiave di Iside, la chiave dei grandi misteri."

"Come ha fatto a procurarselo?"

"Beh, come per i maghi, anche io ho i miei segreti."

Sorrise, guardandomi ancora fisso negli occhi. C'era qualcosa, nella sua espressione, che non somigliava a quella dell'uomo pacioso, perfino un po' buffo, che avevo conosciuto qualche settimana prima, e che aveva animato la conversazione fino a poco prima. Poi il sorriso si ammorbidì nuovamente, e la solita voce flautata continuò il racconto.

"I sacerdoti egizi sono spesso raffigurati nei bassorilievi nell'atto di donare, attraverso l'*ankh*, l'energia vitale capace di concedere l'immortalità ai defunti. Molte divinità sono rappresentate mentre rivolgono la chiave verso il faraone, trasmettendogli così il soffio della vita."

In quel momento mi accorsi che si era affacciata alla porta Berenice, silenziosa come un gatto. Sentii uno strano balzo

nel petto. Si avvicinò allo scrittoio e guardò la chiave, mentre suo zio la osservava compiaciuto. La lampada rimandava i riflessi d'oro generando una piccola sfera luminosa nella penombra. I nostri visi erano immersi in quella sfera.

"Berenice ha avuto un ruolo fondamentale in questa operazione."

Continuò a raccontarmi della chiave e di come i suoi studi sull'immortalità fossero una passione divorante. A volte, disse, gli sembrava di essere entrato in un territorio proibito, che solo pochi eletti potevano attraversare, si sentiva un privilegiato. Io avevo la sensazione che l'idea di mostrarmi quella chiave non fosse un gesto estemporaneo di generosità ma nascondesse dell'altro.

Quando tornammo nel salone riprendemmo la conversazione con gli altri ospiti. Poi Mason mi prese di sorpresa.

"Palamides, non voglio che lei sia in imbarazzo, ma devo farle una richiesta... particolare."

"Prego..."

"Ho raccontato ai miei amici del nostro primo incontro e vorrei... che ci stupisse con una delle sue magie."

"Ecco, professore... temo che non sia la situazione giusta."

"Ma certo che lo è. La prego, una magia, per chiudere questo magnifico pomeriggio."

Avvertii una strana sensazione, a cui però non diedi troppo peso. Dopo una piccola esitazione accettai. Invitai tutti a disporsi a semicerchio, di fronte a me, poi chiesi a Mason di scegliere un libro dalla biblioteca.

"Che genere di libro?"

"Quello che desidera, un libro qualsiasi."

Lui sorrise compiaciuto e dopo una breve ricerca ne pre-

se uno da uno scaffale, e me lo porse. Si trattava di un'edizione di *Grandi speranze*, di Charles Dickens.

"È un grande classico, che lei sicuramente conoscerà."

Lo sfogliai, lo tenni tra le mani per un po', chiusi gli occhi. Gli altri rimasero in silenzio per alcuni secondi. Li riaprii e dissi che ero pronto.

"Ho bisogno dell'aiuto di qualcuno, però. Baronessa, posso avere l'onore della sua collaborazione?"

La donna fece un cenno e io proseguii.

"Adesso sfoglierò velocemente il libro davanti ai suoi occhi e le chiederò di fermarmi. Senza che io possa vedere, ovviamente, la pagina e il suo contenuto. Dopo di che le chiederò di tenere a mente le prime parole che compaiono in alto a sinistra, sulla pagina scelta. È tutto chiaro?"

"Sì."

Rivolsi il volume verso di lei e feci scorrere le pagine, fino al suo stop. Le chiesi di leggere e memorizzare le parole e poi di scriverle su un foglio di carta. Vedevo, negli sguardi dei presenti, quell'eccitazione leggera che conoscevo bene e che non incontravo da anni.

"Ha scritto?"

"Sì."

"Bene, riponga il foglio, cortesemente."

La donna lo piegò e lo pose sotto un altro volume, sul tavolino.

"Adesso la prego di guardarmi negli occhi. Non ha nulla da temere."

La donna rivolse il suo sguardo verso di me, c'era qualcosa in quegli occhi di un celeste slavato, erano curiosi e vagamente ostili. Mi concentrai.

"Si tratta di tre parole, corretto?"

"Corretto..."

"La prima è un articolo, la seconda... la seconda un sostantivo. La terza un aggettivo. È corretto?"

"Sì."

Mason ebbe un piccolo fremito di piacere, era eccitato da quello spettacolo.

"Proverò a dire quello che vedo..."

Presi ancora tempo, esitando. Simulai lo sforzo della concentrazione, perfino una leggera sofferenza, poi proseguii.

"Le tre parole che ha letto... quelle che, in maniera del tutto casuale, ha scelto sono..."

"..."

"Un... un mostro... un mostro cieco."

Rimasero tutti in silenzio mentre la donna mi guardava, senza tradire nessuna emozione. Poi lei stessa prese il foglio di carta che aveva piegato in più parti e lo mostrò agli altri.

"*Un mostro cieco*, ha indovinato."

Scoppiò un applauso, Mason e Palmer vennero a stringermi la mano, entusiasti, mentre la donna rimase quasi impassibile. Continuava a fissarmi. Era un trucco semplice, in realtà, ma di sicuro effetto. Restammo a chiacchierare per qualche minuto, poi decisi che era ora di togliere il disturbo. Mi sembrò un'eccellente uscita di scena per il mio spettacolo improvvisato. Prima di congedarmi dissi che mi sarebbe piaciuto ricambiare l'invito di quella serata, alla prima occasione, ma li misi sull'avviso: la mia abitazione non era così ricca, così preziosa come quella del padrone di casa.

"Invece sarà sicuramente stimolante entrare nella casa del mago. Ne sono convinto," replicò esultante.

Mason mi accompagnò all'ingresso, dove il domestico mi porse l'impermeabile. Fuori aveva smesso di piovere, e il cielo, di un blu intenso, si faceva strada tra i possenti treni di nuvole.

Prima di uscire una voce mi fermò, Berenice aveva indossato il soprabito e stava venendo in direzione dell'uscita.

"Possiamo fare un tratto di strada insieme, dottor Palamides?"

"Certo, con piacere."

Feci un cenno di saluto verso il professore, e uscimmo. Dopo qualche metro mi voltai un istante verso il portone di casa Mason.

Lui era ancora lì, sulla soglia. Non sorrideva più.

Berenice camminava veloce, col passo agile di chi tiene il corpo allenato e sa dove andare. Io le stavo accanto. Vista di profilo rivelava un altro aspetto di sé, sempre elegante, ma di una determinazione quasi tagliente.

"Sono stata inopportuna?"

"Perché?"

"Le ho imposto la mia compagnia."

"Ne sono felice."

Avevo risposto di impulso, mi accorsi che un sorriso le incurvò le labbra.

"Non ho mai conosciuto davvero uno psicanalista prima di oggi. Lo confesso. E neanche un mago."

"Il mio lavoro la mette a disagio?"

"Quale, dei due?"

Sorrisi anche io, lei proseguì.

"Ammetto di non avere nozioni sufficienti su entrambe le categorie. E quando non so esattamente di cosa si parla, evito di esprimermi."

"Io comunque non sono un mago ma un illusionista. E

non sono propriamente nemmeno uno psicanalista. Sono uno psicologo analitico."

"Che differenza c'è?"

"La psicologia analitica è un metodo di indagine dell'inconscio, del profondo inconscio, elaborata da Carl Gustav Jung, che io ho avuto il piacere di conoscere personalmente. Si discosta in molti punti dalle teorie psicanalitiche di Freud, di cui lei immagino abbia sentito parlare."

"Sì, certo. Ma la mia conoscenza è decisamente superficiale. Dovrei saperne di più."

"Abbiamo fretta?"

"Prego?"

Mi fermai e le chiesi se stessimo correndo da qualche parte, ero allenato, è vero, ma il suo passo da maratoneta mi stava mettendo alla prova. Berenice sorrise e mi guardò. E io sentii qualcosa attraversarmi il torace.

"Hai ragione, ho il vizio di andare troppo veloce. Scusi... le ho dato del tu..."

"Va benissimo. Te lo avrei chiesto io stesso. Hai voglia di bere qualcosa?"

"Adesso?"

Rimase qualche istante in silenzio, come se dovesse interpellare un'altra se stessa, nascosta chissà dove, poi fece un cenno di assenso con la testa.

"Conosco un locale di un vecchio amico italiano, non lontano da qui, hanno un ottimo Chianti e sanno cucinare magnificamente gli spaghetti. Hai fame?"

"Un po'."

"Ottimo, allora seguimi. Guido io questa volta."

Salvo Caruso aveva l'età di mio padre e si era trasferito a Londra con la famiglia all'inizio del secolo. Suo padre era un ricco commerciante che aveva molti affari in Gran Breta-

gna e Salvo aveva seguito sin da giovane la sua passione per la cucina. Aveva aperto un piccolo ristorante italiano dalle parti di Covent Garden, la Trattoria Caruso, ci andavamo spesso a cena, quando ero ragazzo. Mia madre era italiana, e si sa, gli italiani finiscono sempre per ritrovarsi. Da quando ero tornato a Londra non ero mai andato a salutarlo, non ero neanche sicuro che lui fosse ancora lì, al suo posto, dietro i fornelli.

Quando ci affacciammo nella trattoria ci invasero i profumi della cucina, i tavoli erano apparecchiati con tovaglie a quadri, bianchi, rossi e verdi. Ci venne incontro una cameriera, le dissi che ero un amico del signor Caruso, e lei ci fece accomodare nell'unico tavolo libero che si trovava proprio al centro del locale, poi tornò con una brocca d'acqua e un fiasco di vino. Aiutai Berenice a togliere il soprabito, aveva il viso arrossato dal caldo.

"Troppa gente?"

"No..."

"Non sei mai stata in un ristorante italiano?"

"Sì, ma in Italia. A Roma, Firenze e naturalmente a Torino."

"Perché *naturalmente*?"

"Il Museo Egizio di Torino è il più antico del mondo, non lo sapevi? Lì ho lavorato per i miei studi e ho avuto la fortuna di conoscere Ernesto Schiaparelli, il direttore. È lui che ha scoperto la tomba di Nefertari..."

Fummo interrotti da una voce baritonale. Il cuoco mi venne incontro con tutti i suoi centoventi chili.

"Leonardo!"

"Salvo."

Mi abbracciò forte, trasudando un afrore di aglio, spezie e umori corporali.

"Ma che sorpresa mi hai fatto, ragazzo! Come sono contento di vederti..."

"Anche io, tanto..."

"Non mi vuoi presentare la tua fidanzata?"

"Non è..."

Prima che terminassi di parlare, Berenice si alzò e gli porse la mano, che lui baciò, producendosi in un inchino di imprevedibile agilità.

"La dottoressa Holmes è... una amica."

"Ho capito, non parliamo di questa cosa, che ti stai facendo rosso in faccia. Ora mi dovete scusare, che c'ho le pentole sul fuoco. Mi raccomando, siete miei ospiti... penso a tutto io... con permesso."

Fece una giravolta, lo spostamento d'aria produsse un vento caldo agli aromi mediterranei, e rientrò in cucina. Berenice mi guardò, e scoppiammo a ridere. All'unisono, come se fossimo amici da una vita.

Ci penso ancora, a quel sorriso. Alle cose che appaiono e scompaiono.

Quella sera parlammo, ci guardammo negli occhi, come dovrebbero fare un ragazzo e una ragazza, senza lasciarsi attraversare da altri pensieri. La cameriera ci servì tutte le specialità della casa: lasagne al forno, focacce, crostini, baccalà fritto e dolci a più strati con creme variopinte. Berenice assaggiò qualcosa, io divorai quasi tutto. Alla fine Caruso tornò a trovarci con una bottiglia di rosolio al limone, una squisitezza che gli aveva insegnato a preparare sua nonna di Tramonti, una piccola città sulla Costiera Amalfitana.

"Allora? Tutto a posto? Siete rimasti soddisfatti?"

"Molto..."

"E voi signorina, avete mangiato tutto?"

"Sì... quasi tutto."

"Dovete mangiare di più, che siete magra."

Berenice scoppiò di nuovo a ridere. Sembrava un'altra rispetto alla ragazza che qualche ora prima sedeva nel salotto dello zio.

"Allora facciamo un brindisi, Leo, brindiamo a noi, che ci siamo ritrovati dopo tanto tempo. Tu lo sai quanto bene volevo a tuo padre. E soprattutto brindiamo alla signorina... anzi alla dottoressa Berenice, che ha gli occhi belli come il mare di Napoli."

"Prosit!"

"Prosit..."

Chiacchierammo ancora, Salvo si commosse ricordando le cose di un'altra vita, che sembrava ormai sparita nel nulla. Poi ci salutammo.

Quando uscimmo dal ristorante, faceva freddo. Passeggiammo per un paio di isolati, senza dire nulla, poi Berenice d'improvviso parlò.

"Sai mantenere un segreto?"

"Certo..."

Per un attimo sembrò adombrarsi, poi continuò.

"Non ti ho detto nulla di me, della mia famiglia."

"Non sei obbligata a farlo."

"Invece ho voglia di farlo."

Rimase in silenzio qualche istante, come per prendere coraggio.

"Io e mia sorella siamo rimaste orfane molto presto. Avevo quattordici anni, mia sorella neanche quattro... ho fatto da madre a Lilith, e... non è stata una cosa facile. Amo profondamente mia sorella, ma la sua... malattia è una condanna che si sconta in una vita intera. La scontiamo tutti, accanto a lei."

"Quale malattia?"

"Non mi è facile parlarne... Lilith è una ragazza intelligentissima, adesso ha quasi quindici anni. Disegna, legge, scrive poesie. È così bella... Da quando era piccola ha sempre avuto un modo... diciamo, un modo diverso di entrare in contatto con il mondo esterno."

Berenice raccontò che dopo il trauma della perdita dei genitori, in circostanze drammatiche, la bambina si era progressivamente allontanata dalla realtà. Aveva quasi smesso di parlare. Lo faceva invece, copiosamente, nei deliri notturni.

"Siamo cresciute con una tata, e grazie all'affetto e al supporto di zio Reece. Se non ci fosse stato lui, non riesco neanche a immaginare come sarebbe potuta andare a finire."

"I medici cosa dicono?"

"Nessuno è stato mai in grado di fare una diagnosi certa. C'è chi parla di una rara forma di schizofrenia, c'è persino chi ha pensato, a proposito dei deliri notturni, che Lilith fosse posseduta da un'entità malvagia."

"Sciocchezze..."

"Certo... però ci sono cose che non si spiegano..."

Avrei voluto sapere di più di quelle cose, ma non volevo farle pressione, chiederle più di quanto non avesse voglia di raccontare. Mi disse che aveva sempre avuto un rapporto difficile con gli psichiatri, li aveva sempre tenuti alla larga. Ma quando aveva incontrato me, aveva *sentito* qualcosa. Disse così. Le si era accesa una piccola speranza.

"Tutte le donne della mia famiglia sono dotate di una... sensibilità particolare, siamo in grado di leggere dentro l'anima delle persone. Un po' come tu hai fatto prima, indovinando le parole del libro."

Mi guardò intensamente, poi proseguì.

"A volte sono come percorsa da un brivido, un segnale, che mi mette in guardia davanti a un pericolo. Altre volte sento tutto calmarsi, depositarsi, come se il mondo intorno

fosse in armonia. Mi sembra di poter sentire la forza delle persone, l'anima buona e quella malvagia. Ma non sono io a scegliere quando questo accade. Quando guardo mia sorella, capisco che in lei questa attitudine, questa specie di dono, è molto più sviluppata. Io credo che lei possa *scegliere* di vedere."

"Che vuoi dire?"

"Non so come spiegarlo. A volte penso che lei abbia davvero un potere misterioso. Ma ho anche la sensazione che questa capacità potrebbe sopraffarla."

"..."

"Quando ti ho visto la prima volta... ecco... ho avvertito qualcosa, io penso che tu sia un'anima tormentata, lo sento, ma sei una persona forte, intelligente, credo che tu sappia vedere l'anima delle persone..."

Si fermò sotto un lampione, il cappello le oscurava parte del volto. Rimase qualche istante, di fronte a me, senza parlare. Poi inspirò profondamente.

"Vorrei che vedessi Lilith."

Non dissi nulla. In quel momento feci solo un cenno col capo.

Dopo averla accompagnata alla stazione dei taxi mi incamminai a piedi verso casa. Era distante da dove mi trovavo, ma avevo bisogno di riflettere. Mi sentivo avvolto da una nube di pensieri fitti, veloci, che si aggiungeva alla nebbia addensata sulle strade. Avevo promesso a Berenice che avrei incontrato la ragazza, avrei provato a parlarci, a stare un po' con lei. Per capire. Lei mi aveva ringraziato, prendendomi la mano e tenendola stretta per qualche secondo.

Poi si era girata ed era sparita nell'automobile, inghiottita pochi istanti dopo nella nebbia.

Sulla strada del ritorno successe una cosa apparentemente insignificante. Col senno di poi potrei dire che si trattò di una specie di presagio. Camminavo velocemente nelle strade ormai deserte quando, girato un angolo, andai a sbattere contro un uomo che procedeva in direzione opposta. Lui rovinò per terra e io mi scusai mentre lo aiutavo ad alzarsi. Quando fu in piedi si scostò da me bruscamente e, dopo avermi fissato per un attimo, scappò via.

Non ebbi il tempo di dire nulla, mi rimase solo quella sensazione sgradevole che avevo provato incrociando i suoi occhi nel buio. C'era qualcosa di strano, quasi di animalesco, in quello sguardo.

Quando arrivai a casa mi sentii stanco, inquieto. Mi lasciai cadere sulla poltrona e riempii il fornello della pipa con una miscela speciale di tabacco, spezie e certe erbe che mi procurava un conoscente indiano. Non era roba propriamente lecita, suppongo, ma nulla di così pericoloso.

Accesi e aspirai, profondamente. Il fumo si addensò presto nella stanza in penombra, calmandomi, obbligandomi a deporre le armi. Poi chiusi gli occhi e mi appisolai.

Fuori, poco più tardi, la luce livida di un lampione tremò, come percorsa da un fremito, per poi spegnersi in un sibilo prolungato. E quel suono mi svegliò. Mi sembrò che qualcosa attraversasse velocemente il campo visivo, oltre la finestra. Come una sagoma rapida, spostata dal vento.

Mi affacciai alla finestra, fuori regnava il buio più profondo. E tutto taceva.

Avevo preso a frequentare un'accademia pugilistica dalle parti di Notting Hill. Avevo gareggiato per anni sulle piste di atletica leggera di mezza contea, ma la passione per la boxe era nata quasi per caso, dopo aver assistito in America a un incontro di Gene Tunney, campione dei mediomassimi. Mi allenavo un paio di volte alla settimana; Murphy, il titolare del centro, era stato un pugile promettente in gioventù, ma aveva lasciato l'agonismo per seguire la carriera in polizia. Dopo la pensione aveva aperto una palestra ed era tornato alla sua antica passione. Ormai aveva quasi settant'anni, dimostrandone venti di meno, ma continuava a dedicarsi anima e corpo alla boxe. Nella sala centrale dell'ex fabbrica su cui era montato il ring si affacciava l'ufficio, all'interno del quale Murphy aveva riempito una grande bacheca di foto e cimeli. Tra questi c'erano anche articoli e ritagli di giornale che riguardavano la sua attività di poliziotto. Proprio all'ingresso, incorniciata, c'era la prima pagina di un tabloid dell'epoca che raccontava i delitti efferati di Jack lo Squartatore. L'illustrazione a china rappresentava il corpo dilaniato di una donna e accanto a lei una silhouette nera

dall'aria minacciosa, la notai subito il giorno in cui andai a iscrivermi e chiesi a Murphy come mai fosse lì.

"Ci abbiamo sbattuto il naso in tanti, con quel figlio di puttana. Ma nessuno è mai riuscito a prenderlo."

Mi disse che era stato tra i primi ad accorrere quando fu ritrovato il corpo di Mary Ann Nichols, la prima vittima accertata del maniaco. E non era stato un bello spettacolo.

"Mai visto niente di simile, ragazzo. Una cosa che può toglierti il sonno per sempre."

Gli chiesi perché tenesse in bella mostra quelle immagini agghiaccianti, visto che ricordava ancora con orrore quella esperienza.

"Non lo so, a volte penso che allora avremmo potuto fare di più, a volte invece... penso che l'autore di quella strage non potesse essere altri che il diavolo in persona."

"..."

"...È importante ricordarselo... sì insomma, che il diavolo esiste."

Tra i frequentatori della palestra c'era un giovane giornalista, Francis Scott Abberline. Scriveva per il "Daily Mail", un quotidiano londinese molto popolare. Era un tipo in gamba. Avevamo pressappoco la stessa età e una corporatura simile, quindi spesso Murphy ci faceva combattere, nella misura dei tre round. Ce le davamo di santa ragione sul ring e poi, spesso, dopo l'allenamento andavamo insieme a bere una birra da qualche parte.

Una sera ci fermammo in un pub a Portobello Road e restammo a chiacchierare per un po'. Ero contento di conoscere persone nuove, avevo la sensazione di uscire dall'isolamento in cui la mia indole mi aveva confinato per troppo tempo.

"No... non credo che andrò mai da uno strizzacervelli,

amico mio. Non sono sicuro di volere che tutti sappiano gli affari miei."

"Non funziona esattamente così..."

"Certo, lo so, ma il senso è quello."

"Ok, non ti devo mica convincere io. E tu, invece, hai sempre voluto fare il giornalista?"

"No... boh, non lo so, forse non l'ho neanche deciso davvero."

"Che significa?"

"La verità è che tutti si aspettavano altro da me. Mio nonno era un poliziotto piuttosto noto, pensa che Murphy è stato uno dei suoi uomini. Anche mio padre è in polizia. Io ho studiato Legge, avrei potuto seguire le loro tracce, ma... non lo so, quella vita non avrebbe fatto per me."

"Quindi?"

"Dopo la laurea ho iniziato a collaborare con un settimanale e poi con un quotidiano, mi occupavo di cronaca giudiziaria. Da lì ho fatto il salto."

"E ti piace?"

"Sai che non lo so... Resto dell'idea che se potessi tornare indietro non farei il poliziotto, ma forse nemmeno il giornalista."

"E cosa ti piacerebbe fare?"

"Forse studierei di più, e meglio. Credo che mi piacerebbe studiare altro, in effetti."

"Tipo?"

"Vuoi ridere?"

"Sì."

"Attento a non esagerare però, che poi ti spacco il naso."

"Va bene, ammesso che non te lo spacchi io."

Sorrise e bevve un goccio di birra.

"Sono appassionato... di poesia."

"Davvero?"

"La cosa ti sorprende?"

"Beh... non è quello che ti aspetti da uno che fa a cazzotti in palestra e scrive di spietati assassini."

Mi raccontò che aveva quella passione sin dall'infanzia, e aveva dovuto nasconderla in famiglia, come altre cose, del resto.

"Mio padre è un tipo a posto, ma è il classico sbirro. Un duro, uno che non vede altro che indagini, criminali, pistole..."

"E la tua passione come è nata invece?"

"Per caso. Alcuni anni fa ero entrato in una libreria, dovevo fare un regalo, e cominciai a sfogliare un libro di poesie, appunto. Rimasi folgorato. Non lo scorderò mai: *La terra desolata*, di Thomas Eliot. Fu come un incantesimo."

Mi disse che da tempo prendeva parte ad alcuni incontri del Bloomsbury Group, un circolo di intellettuali, dove artisti, poeti, scrittori, uomini e donne, trascorrevano giornate intere a parlare, leggere, ascoltare musica, liberi da ogni schema, dalle costrizioni della rigida morale vittoriana.

"All'inizio mi hanno guardato con sospetto, i giornalisti non sono visti sotto una buona luce, ma poi la tensione si è sciolta."

"Chi lo avrebbe mai detto che tu..."

Non riuscii a terminare la frase. Le urla di una ragazza arrivavano dall'esterno del pub. Francis scattò come una molla e si proiettò fuori, e io dietro di lui. Vedemmo un capannello di persone e, poco distante, una colluttazione. Prima che potessimo arrivare, un uomo riuscì a divincolarsi e si diede alla fuga: lo rincorremmo, ma quello sgattaiolò rapidissimo tra i vicoli fino a sparire nel buio. Quando tornammo indietro la ragazza era ancora riversa sul marciapiede. Si lamentava, aveva la giacca macchiata di sangue, che le usciva in piccoli rivoli dal naso tumefatto. Presi il fazzoletto e tamponai la ferita, dissi che ero un medico e chiesi alle persone di allonta-

narsi e di lasciarla respirare. La ragazza lentamente si riprese dallo shock e raccontò come era andata. L'uomo aveva cominciato a inveire contro di lei e poi l'aveva percossa selvaggiamente, così, senza alcun preavviso.

"Non l'ho mai visto in vita mia... aveva... Dio mio..."

"Cosa aveva?"

"Quella faccia... strana, sembrava un animale, quegli occhi, i denti lunghi, come zanne. Urlava come una belva inferocita..."

Istintivamente pensai al mio incontro di qualche sera prima. Quella sensazione di trovarsi di fronte a qualcosa di selvaggio. Aiutammo la ragazza ad alzarsi e la accompagnammo alla sua abitazione, poco distante. Le consigliammo di sporgere denuncia presso il commissariato più vicino.

"Lo faccia domattina, stanotte pensi a riposare. Posso prescriverle un calmante, se vuole."

"No grazie... sto meglio."

Quando tornammo a prendere le borse nel pub, nella strada era ripreso il suo traffico normale.

"Non mi piace affatto..."

"Che intendi dire?"

Francis mi raccontò che una settimana prima a Soho era stata assassinata una prostituta, il secondo omicidio dall'inizio del mese. E negli ultimi giorni erano arrivate al giornale diverse segnalazioni di aggressioni per certi aspetti simili a quella a cui avevamo assistito poco prima.

"Pensi che gli episodi siano da mettere in relazione tra loro?"

"Non lo so... ma comincio a sospettarlo."

Ci avviammo verso casa. Camminammo per una buona mezz'ora, prima di separarci. Non ritenni di raccontare a Francis del piccolo incidente di qualche sera prima, in fondo

si era trattato di una coincidenza, e non volevo che pensasse che mi facessi suggestionare così facilmente. Tornammo a parlare di libri e di poesia. Quando ci salutammo mi consigliò di leggere Thomas Eliot.

"Comincia proprio da *Terra desolata.*"

"D'accordo."

"*E ti mostrerò qualcosa di diverso / dall'ombra che si segue a grandi passi al mattino, / o dall'ombra vostra che di sera si leva per incontrarti...*"

"..."

"*...ti mostrerò la paura.*"

Ci stringemmo la mano. Poi si voltò e sparì velocemente in fondo alla strada.

Ebbi come la sensazione che non mi avesse detto qualcosa di importante, non so.

Per qualche istante rimasi fermo a pensare a come sono strane le persone, a quanto possono sorprenderti. E ai mondi misteriosi, imprevedibili che le abitano. Mi venne in mente quella frase di un teologo scozzese che avevo letto da qualche parte e che mi era rimasta impressa: *Sii gentile, ogni persona che incontri sta combattendo una dura battaglia.*

Era proprio così. Mi incamminai verso casa.

Qualche giorno dopo vennero a installarmi l'apparecchio telefonico. Si trattava di un esemplare a candeliere con disco combinatore, i tecnici decisero di posizionarlo all'ingresso, sul piano di una antica credenza in mogano sormontata da una specchiera.

Quando andarono via, rimasi davanti al telefono, come imbambolato. Mi aspettavo che da un momento all'altro potesse squillare, solo per il fatto di esserci, ma nessuno ancora aveva il mio numero, e quando mi ripresi da quella sorta di torpore, mi sentii un po' sciocco, fermo lì, davanti alla mia immagine riflessa.

Lo specchio era ossidato, si trovava in quella casa da sempre: quando lo guardavo, da bambino, ero convinto che nelle macchie più scure si annidassero mostri microscopici pronti a ingigantirsi e a inghiottirmi in un istante. Non bisognava fissarle troppo a lungo, mi diceva sempre una vecchia tata, e io avevo paura. D'istinto, distolsi lo sguardo, come facevo allora, e tornai a lavorare nel mio studio.

Alle quindici bussò alla porta il primo paziente della giornata, un professore di matematica che soffriva di insonnia,

poi ne seguirono altri due. Furono sedute tranquille, anche un po' noiose, ma probabilmente avevo la testa altrove. Tra poco avrei incontrato Berenice e sua sorella, e, onestamente, non sapevo cosa aspettarmi.

Alle diciotto in punto il campanello squillò, Chadwick andò ad aprire e fece accomodare le signore nel salottino che precedeva la biblioteca, poi venne a chiamarmi. Quando entrai nella stanza, Berenice si alzò e mi venne incontro, accennando un sorriso, mentre sua sorella rimase ferma, con lo sguardo fisso sulla finestra.

"Buonasera, dottore."

"Buonasera..."

Ci stringemmo la mano, nel suo sguardo c'era un impercettibile segnale di intesa, di complicità. Poi mi rivolsi alla ragazza, che non mi guardava.

"Buonasera, Lilith."

Si girò lentamente. Gli occhi azzurri rilucevano come pietre preziose sull'incarnato chiaro. I capelli, lunghi e biondi, scendevano sulle spalle, incorniciando il viso diafano. Le labbra avevano il colore di certi lamponi selvatici, si mossero appena, quasi arricciandosi nell'accenno di un saluto. Portava un soprabito color carta da zucchero da cui spuntavano le gambe affusolate e i piedi lunghi e snelli dentro scarpe eleganti, di pelle blu e bianca. Non disse nulla.

C'era qualcosa, nel suo viso, che mi lasciò muto, come incatenato in una gabbia invisibile. Sembrava che i suoi occhi potessero attraversarmi, svelare i pensieri. Poi mi liberai dalla gabbia e le sorrisi. Non immaginavo neanche lontanamente quello che sarebbe accaduto nelle settimane seguenti, tutto quello che sarebbe accaduto, così incredibile e spaventoso, così lontano dalla comprensione delle anime semplici.

Ci accomodammo nello studio; chiacchierammo per una decina di minuti, Lilith era seduta lì, eppure pareva altrove.

Feci intendere a Berenice che avrei gradito restare un po' da solo con sua sorella. Se lo desiderava, avrebbe potuto trattenersi nella biblioteca, scegliere un libro e trascorrere come meglio preferiva quella mezz'ora. Suonai il campanello interno e chiesi a Chadwick di mettersi a disposizione della dottoressa, poi mi congedai da lei.

Quando rientrai nello studio Lilith era in piedi, davanti alla parete. Fece scorrere la mano sull'intonaco liscio, come fanno i ciechi, per vedere col tatto. Intercettò una cornice e si fermò. Era un disegno a carboncino, che avevo fatto quando ero piccolo e da cui non ero mai riuscito a staccarmi. Ritraeva un bambino che teneva per mano un uomo dall'aspetto inquietante, dentro l'involucro rudimentale di una casa vuota. Occhi, naso e orecchie dell'uomo erano come sparsi a caso nel volto, sproporzionato rispetto al resto del corpo, e nello sguardo l'espressione arcigna era accentuata dalla campitura scura di orbite e pupille. Mi aveva sempre fatto paura, da bambino.

"È un disegno un po' strano, vero?"

Lei restò ferma, a guardare. Poi fece un cenno col capo, pronunciando un sì impercettibile.

"Avevo quattro anni, quando lo feci. Mi sono chiesto tante volte chi fosse quel tipo, il bambino dovevo essere io... Tu cosa ci vedi?"

Continuò a fissare il disegno, ma non rispose. Poi andò a sedersi sulla poltrona. Io la seguii, mi sedetti di fronte a lei. Era come se mi stesse studiando, mentre io stesso studiavo lei. Ripresi a parlare.

"Tua sorella mi ha parlato tanto di te. Ti vuole molto bene."

"..."

"Sei a tuo agio, in questa stanza?"

"..."

Attese a lungo. Poi incurvò appena il labbro.

"Non lo so."

"C'è qualcosa che ti disturba?"

"..."

"Mi ha detto Berenice che disegni benissimo: sono un grande appassionato di disegni. Mi piacerebbe molto vedere i tuoi."

Lei mi guardò, sul viso si dipinse un'espressione diversa. Ci pensò, poi tirò fuori dalla borsetta un quaderno rilegato. E me lo offrì.

Cominciai a sfogliarlo, lentamente. Tutte le pagine erano percorse da arabeschi di inchiostro che si annodavano su figurine stilizzate, talvolta spuntavano lettere, consonanti, parole. Erano bellissimi, e un po' angosciosi. Quel groviglio di segni sprigionava una forza espressiva potente.

"Sono davvero belli, Lilith..."

Mi soffermai su uno in particolare. Intrappolata nella giungla d'inchiostro c'era una bambina dai capelli lunghi, e poco più in basso una frase, spezzettata e mimetizzata tra le linee: *sono sol-tanto nella stan-za ac-canto.*

Mi sembrava di aver già letto quella frase. Mi sforzai di ricordare dove, poi mi alzai di scatto e recuperai un volume dalla libreria. Lei seguiva i miei movimenti in silenzio. Sfogliai il libro e trovai la pagina, era un sermone di Henry Scott Holland. A margine c'erano due punti esclamativi, scritti a matita. Lessi qualche riga ad alta voce.

"*La morte non è niente, / sono solo andato nella stanza accanto. / Io sono io. / Voi siete voi. / Ciò che ero per voi lo sono sempre. / Parlatemi come mi avete sempre parlato.*"

Smisi di leggere, e la guardai.

"Ti ha ispirato questa pagina?"

"...Sì."

Solo un monosillabo. Quasi un sussurro, ma una voce. E il suono di quella voce sembrava incoraggiarmi a continuare.

"Henry Scott Holland era un teologo, ha molto ragionato su come gli uomini reagiscono alla paura della morte... Sono domande che ci facciamo tutti, ma nessuno ha davvero una risposta."

"E chi è la bambina prigioniera in questa pagina?" aggiunsi.

Esitò qualche istante. Come se non fosse più abituata all'emissione dei suoni, alla sua stessa voce. Poi prese il quaderno, strappò un foglio bianco e cominciò a scrivere. Me lo porse, e io lessi.

"*Quella che può sentire...* Cosa può sentire questa bambina?"

"Quello che è nascosto... nella stanza accanto."

Rimasi a guardarla. Inspirò, ed espirò, profondamente. In quel momento mi apparve più piccola, sembrava smarrita, eppure consapevole di qualcosa che io, forse tutti gli altri, non avremmo potuto capire.

"Questa bambina sei tu?"

Mi fissò a lungo. Poi spostò lo sguardo. I suoi occhi erano dritti su un punto, quasi allarmati. Provai a seguirne la traiettoria, alle mie spalle. Sopra uno scaffale dove erano posati pochi oggetti, fissato al muro, c'era un piccolo specchio che mio padre aveva portato da uno dei suoi viaggi, quando ero ragazzo. La cornice d'argento era decorata con una sequenza di figure in movimento.

Mi alzai e lo presi, Lilith mi seguì con lo sguardo, fino a quando tornai a sedermi.

Era stato di uno sciamano siberiano, le spiegai. Mio padre diceva che quell'uomo era dotato di uno straordinario talento nella tecnica dell'estasi. Gli sciamani che la praticavano avevano il potere, secondo la leggenda, di entrare in contatto con gli spiriti, di accedere al mondo dei morti.

"Come mai ti ha incuriosito?"

Per la prima volta Lilith mi tese la mano, chiedendomi senza parlare, di darle lo specchio. Quindi lo prese delicatamente dall'impugnatura. Lo osservò in ogni sua parte, poi si specchiò.

In quell'istante mi parve di sentire qualcosa, come un movimento d'aria, intorno a me. Per qualche secondo sembrò che la stanza fosse attraversata da un traffico silenzioso, i passi felpati di una piccola moltitudine. Quando me lo restituì, prese un foglio di carta e scrisse qualcosa, poi lo piegò e lo mise nel taschino della mia giacca.

"Non posso leggerlo?"

"Dopo."

"D'accordo," la rassicurai.

Terminammo la seduta e feci entrare Berenice, ma non le raccontai nulla di quella mezz'ora trascorsa insieme. Le dissi che avrei voluto rivedere Lilith e lei sembrò sollevata, guardò sua sorella e le diede un bacio sui capelli.

Poi le accompagnai alla porta. Ci demmo appuntamento per il giovedì seguente, alla stessa ora.

Le vidi allontanarsi, le figure snelle, eleganti. Si tenevano per mano. Per un istante Lilith si voltò verso di me. La luce gialla del lampione tremò appena, illuminando solo metà del viso.

Quando chiusi la porta rimasi a pensare, per un po', con le spalle appoggiate allo stipite. Rividi tutti i passaggi di quell'incontro, le espressioni di Lilith, la sua voce soffiata, le parole e i disegni sul quaderno, scomposti e ricomposti nella mia mente. Poi tirai fuori il foglio dal taschino e lessi ad alta voce, ripetendo la frase un paio di volte.

"*Stai attento. Ti sta cercando. È già stato qui.*"

“Che cosa avrà voluto dire?”

Provai un sentimento strano, impalpabile. L’universo impenetrabile che sembrava abitare i pensieri di Lilith mi stava chiedendo di entrare, e capii che non avrei potuto sottrarmi. Ripiegai il foglio e lo misi in tasca.

Mentre andavo verso la cucina, mi fermai un attimo a guardare il telefono. Non aveva ancora mai squillato. Lo specchio riflesse, al passaggio, la mia immagine nella penombra.

Poi l’altro me entrò nelle macchie scure che si addensavano intorno.

Cominciai a vedere Lilith con regolarità, ogni lunedì e giovedì. Berenice veniva a prenderla, dopo le sedute, ma all'andata Lilith raggiungeva lo studio da sola. Ripensando all'aggressione a cui avevo assistito qualche tempo prima, mi sembrò poco prudente che si muovesse non accompagnata. Lilith era una ragazzina molto graziosa, apparentemente fragile. Ma c'era qualcosa, nei suoi occhi, che metteva soggezione. Qualcosa che la difendeva, e che poteva perfino fare paura.

Col passare degli incontri la nostra comunicazione divenne sempre più ricca, Lilith era dotata di un intuito fulminante. Sentivo che mi stava guidando da qualche parte, ma non riuscivo ancora a capire dove. Prese l'abitudine di rispondere alle mie domande, scrivendo sul suo quaderno e strappando le pagine, dopo ogni risposta. Io conservavo i fogli e li fissavo con delle puntine a un pannello di sughero che avevo montato nella stanza accanto allo studio. Era una camera piccola, disadorna, in attesa di essere destinata a qualcosa. Diventò la stanza dei fogli di Lilith.

Le pagine, disposte una accanto all'altra, su varie file,

componevano strisce di parole animate, che viste in sequenza parevano non avere senso, ma che progressivamente cominciarono a prenderne, quasi per magia. Un giorno Lilith con una matita colorata tracciò una linea che univa alcune parole, cancellandone altre, una specie di filo rosso che le cuciva insieme, e le frasi che si formarono fecero un suono strano, nel silenzio della stanza vuota: *si nasconde e ti guarda, nella stanza d'acqua, sono il doppio di me.* Il senso imperscrutabile di quelle parole mi accompagnava spesso nelle passeggiate, come un rumore di fondo, un suono di cui non riuscivo a liberarmi.

Un pomeriggio rientrando a casa dopo l'allenamento trovai, in attesa davanti al cancello, un ragazzino, accanto a una bicicletta. Aveva in mano una busta, mi disse che la persona che gli aveva dato incarico di consegnarmela mi pregava di rispondere al suo messaggio, avrebbe provveduto lui stesso a recapitarlo.

La busta vergata color avorio riportava le iniziali H e J, la aprii e ne lessi il contenuto.

Illustre dottor Palamides,
perdoni la mia invadenza, le chiedo se ha riflettuto sulla possibilità di voler accogliere la mia proposta, così irrituale, di incontrarla per fare io stesso, in terapia, le veci del mio amico in difficoltà. Sono sempre più preoccupato per lui e credo che il confronto con lei potrebbe essere davvero molto utile, per lui prima di tutto, ma anche per il sottoscritto.
Sono disponibile a raggiungerla a qualsiasi orario.
La ringrazio per quello che potrà fare.
Con deferenza,

Harry Jarvis

Mi ricordai di quello strano tipo che era venuto in studio qualche giorno prima. Ci pensai un attimo, ero in dubbio sul da farsi, poi presi la stilografica e scrissi sullo stesso biglietto:

Mercoledì prossimo, alle 18.00.
Cordialmente, L.B.P.

Lo consegnai al ragazzo, gli diedi uno scellino, lui inforcò la bici e partì.

Quello stesso pomeriggio Lilith decise di rivelarmi una cosa. Prima mi fece promettere che non ne avrei parlato con sua sorella. Le spiegai che tutto quello che veniva detto nel corso della terapia era protetto dal segreto professionale, non avrebbe dovuto preoccuparsi di nulla.

Si fermò qualche istante, come per ordinare le parole che viaggiavano troppo veloci nella sua mente. Poi cominciò.

"Lo zio Reece... invita delle persone a cena..."

Esitò ancora, come se quella connessione di parole le procurasse una grande fatica. Poi riprese.

"Il giovedì Nice mi accompagna da lui, così può andare a teatro." Poi sembrò distrarsi per qualche istante, come se la sua attenzione fosse attratta da un insetto che volava sopra la mia testa. Le succedeva spesso. Si fermava di colpo e sembrava estraniarsi, e poco dopo riprendeva. Io restai in attesa, senza farle fretta.

"Dopo cena mi fanno dormire."

"Ti fanno dormire? Che significa?"

Prese ancora tempo, navigando nel flusso irregolare dei pensieri. Mi fissò e si morse appena il labbro inferiore.

"Mi fanno parlare coi morti..."

Rimasi impassibile, ma lei percepiva ogni minuscola espressione del mio viso.

"Hai paura?"

"No, Lilith, perché dovrei?"

Invece sì, provavo improvvisamente una strana, indefinibile inquietudine.

"In che modo ti fanno parlare con... i morti?"

Lilith prese il quaderno, tracciò un disegno a matita e scrisse qualcosa, poi strappò il foglio e me lo diede. Mi accorsi che i suoi occhi mi fissavano in modo diverso. Non potevo ancora saperlo, ma in quel momento stava aprendo una porta, e voleva che io entrassi.

Quando andò via, chiusi la porta di casa e mi sedetti su una poltroncina che non usavo mai, proprio di fronte all'ingresso. Fui invaso da una corrente fredda, non riuscivo a dare un senso a quello che avevo letto e ascoltato, alle emozioni contrastanti che le parole e i disegni di Lilith avevano scatenato. E mi sentii a disagio per non aver detto nulla a Berenice di quello che mi aveva riferito sua sorella.

Più tardi avrei scoperto che il professor Mason e i suoi amici erano membri della Golden Dawn, l'Ordine Ermetico dell'Alba Dorata, una società segreta iniziatica internazionale dedita alle pratiche esoteriche. I princìpi della Golden Dawn, l'*occulta philosophia*, avrebbero influenzato di lì a poco perfino le scelte efferate del Terzo Reich e di Hitler in persona.

Ma questa è un'altra storia. Quello che appresi quel pomeriggio, filtrando i messaggi criptici della ragazza, fu che lo zio e i suoi amici si riunivano per praticare l'occultismo. Lilith era la loro medium.

Nel corso della mia lunga esistenza ho fatto incontri straordinari. Ho viaggiato, spingendomi oltre i confini delle terre esplorate, ho conosciuto popoli che sembravano emer-

gere dalle nebbie di un passato primordiale. Ho affrontato gli inganni dell'intelletto e le meraviglie della natura, alla ricerca costante del limite, della linea che divide la conoscenza dall'inconoscibile, e mi sono reso conto che quello che sappiamo, che comprendiamo e possiamo dominare, non è che una minima parte dell'universo che ci circonda.

Gli ultimi mesi del 1929 riservarono delle sorprese che, in un modo o nell'altro, finirono per cambiare per sempre la mia vita.

Qualche sera più tardi accompagnai Berenice a teatro. Non riuscii a concentrarmi neanche per un istante su quello che accadeva in scena, Lilith era andata a cena dallo zio, ed ero preoccupato. Berenice se ne accorse.

"Che succede, Leonardo?"

Mi piaceva quando mi chiamava Leonardo, sentire il mio nome pronunciato dalla sua voce mi faceva stare bene.

"Niente, davvero. Solo qualche problema con dei pazienti, un po' di pensieri, tutto qui. "

"Hai voglia di parlarne?"

"Preferirei di no... e comunque non potrei farlo, anche se volessi."

All'uscita dal teatro facemmo due passi, senza parlare, poi lei si fermò per accendersi una sigaretta.

"Mio zio non ti piace molto, vero?"

La guardai stupito, con la stessa espressione di un bambino sorpreso a rubare i biscotti dalla credenza.

"Perché me lo chiedi?"

"Ci pensavo, quando siamo stati da lui per il tè. C'era qualcosa, non lo so, sembravi a disagio. Anche stasera, quando ti ho detto che avevo accompagnato Lilith da lui, hai cambiato faccia."

"No, davvero... è solo che non sono particolarmente allenato alla vita sociale, e stasera avevo altri pensieri."

"Leonardo non ti conviene mentirmi, me ne accorgerei. Te l'ho detto che le ragazze della mia famiglia hanno un sesto senso."

Sorrise, e dal suo viso sparì quell'ombra di sospetto. Mi prese sottobraccio e passeggiammo ancora un po'. Poi chiamammo un taxi e lei insistette per accompagnarmi a casa, prima di passare a prendere Lilith. Quando scesi dalla vettura stava piovendo, mi chinai verso di lei per salutarla e senza preavviso mi baciò. Non riuscii a dire nulla, mentre le sue labbra si incollavano alle mie. Mi guardò. Era così bella, timida e sfrontata, sembrava felice.

Quando l'auto si allontanò rimasi sotto la pioggia senza neanche proteggermi con l'ombrello. Era come se dentro di me si sfidassero due sentimenti opposti, una ebbrezza inattesa, l'eccitazione febbrile per quel bacio improvviso, e l'altro, un presentimento oscuro, a cui non sapevo dare un nome.

Quando rientrai in casa mi liberai del paletot completamente fradicio e andai nello studio, mi versai un bicchiere di brandy e aprii la stanza dei fogli di Lilith, mi concentrai sugli ultimi che avevo fissato alla parete con le puntine metalliche. Il disegno che mi aveva consegnato la settimana prima raffigurava dieci triangoli uniti per i vertici intorno a una circonferenza, e al centro una scritta. *Posso vederlo.* Accanto ce n'era un altro: dai tratti fitti a matita veniva fuori, come da un mondo buio, la sagoma di un uomo. Sotto il disegno c'era scritto: *Sta arrivando.*

Mi allontanai dalla parete e guardai i fogli, uno accanto all'altro. Mi concentrai nuovamente su ciò che scritte e dise-

gni potevano esprimere, l'ordine misterioso che ne regolava la sequenza e animava i processi mentali della ragazza.

Stava accadendo qualcosa intorno a me, di questo ero certo, ma quello che accadeva non mi era chiaro del tutto. Lilith mi consegnava i frammenti della sua percezione interrotta, e lo faceva con quella lingua enigmatica, oscura.

Per andare in fondo a quella vicenda dovevo agire, e dovevo farlo presto.

È così dolce sentirlo arrivare.
Il terrore degli occhi.
Come un fiume carsico dagli abissi del mondo.
Le mani si muovono, provano a difendersi.
Posso guardarlo.
Posso andargli incontro.

Ti vengo a cercare.
Dottore.

La settimana successiva, con la scusa di voler chiarire certe iscrizioni in cui mi ero imbattuto riordinando i diari di mio padre, invitai Mason a prendere un tè a casa mia. Volevo stanarlo, in qualche modo, ma dovevo farlo con prudenza.

Mason non sapeva che Lilith era in terapia, e non sapeva neanche del legame che mi univa a Berenice, anche se di quest'ultimo temo sospettasse qualcosa. Arrivò alle diciassette in punto. Chadwick lo fece accomodare nel salottino e quando entrai lo trovai immerso nella lettura di un volumetto che si trovava sullo scrittoio, impilato insieme ad altri.

Quel libro non era lì per caso, avevo preparato tutto con cura.

"Professore, che piacere vederla."

Ci stringemmo la mano. I capelli, di un biondo innaturale, gli incorniciavano le guance paffute, arrossate dal freddo.

"Deve scusarmi ma non sono riuscito a resistere alla tentazione di sbirciare tra i suoi libri. *Elementa linguae aegyptiacae vulgo copticae* è un testo piuttosto raro."

Chadwick rientrò nella sala con un vassoio d'argento. Si muoveva caracollando e le tazze di porcellana facevano un suono danzante nel tremolio dell'andatura. Sistemò tutto sul tavolino e si allontanò silenziosamente. Mason mi guardò con un'espressione quasi comica.

"Ma quanti anni ha?"

"Non ho mai avuto il coraggio di chiederglielo."

Mason scoppiò in una sonora risata, poi prese un pasticcino e lo addentò.

"Delizioso."

Chiacchierammo un po', come per prendere tempo, come per studiarci, entrambi. Della crisi economica, della neve che prima o poi sarebbe arrivata, del film di quel giovane regista londinese, pieno di talento. Mason sosteneva che Alfred Hitchcock passando dal cinema muto al sonoro avesse fatto un errore imperdonabile: i film sonori non avevano futuro, disse.

Infine la conversazione si spostò sulla storia antica e il Medio Oriente.

Mason era un grande affabulatore, lo ammetto, i suoi racconti sulle prime spedizioni in Egitto alla fine del Settecento erano straordinari, e per alcuni minuti dimenticai completamente il motivo per cui lo avevo invitato da me.

"Il ritrovamento della Stele di Rosetta è stato davvero un passaggio epocale. Pensi che al seguito della campagna napoleonica parteciparono quasi duecento scienziati, senza contare i tecnici, i disegnatori, i cronisti..."

"E lei, quando ha deciso di intraprendere questi studi?"

"Diciamo che sin da ragazzo, dopo aver visitato il British Museum, mi innamorai perdutamente della storia e dei misteri che girano intorno alla civiltà egizia. Nel corso degli anni, ho capito come studiare quei misteri fosse un modo per risalire le vie tortuose dell'inconscio collettivo."

"Si interessa quindi alle teorie di Carl Gustav Jung?"

"Mi interesso a tutto quello che desta in me curiosità e stupore."

"Ho avuto la fortuna di seguire le lezioni di Jung al Psychologischer Club di Zurigo. Ultimamente sto approfondendo proprio alcuni studi sulla coscienza alterata e sulle relazioni, teorizzate dal professore, tra spiritismo e disturbi della personalità."

Bevvi un sorso di tè, e ripresi.

"Proprio in tal senso mi sono permesso di disturbarla, chiedendole di venire a trovarmi. Ecco, vado dritto al punto: cosa può raccontarmi del Libro dei Morti?"

Mason si fermò per un istante, e posò il pasticcino, quasi stupito. Poi tornò alla sua consueta paciosa espressione.

"Potrei dirle molte cose... dipende da quello che le interessa sapere."

"Vede... riordinando i diari di mio padre, ho trovato alcuni appunti. Riguardano proprio questo argomento."

Mi recai allo scrittoio, l'espressione del viso di Mason era in bilico tra la curiosità e il sospetto. Gli mostrai un diario in particolare. Alcune pagine, piene di note e disegni, erano dedicate proprio alle pratiche magiche raccolte nel Libro dei Morti. Lui sfogliò il quaderno con attenzione, soffermandosi di tanto in tanto e scandendo a bassa voce suoni incomprensibili, attribuibili ai geroglifici, evidentemente, che era in grado di leggere e tradurre a vista. Dopo qualche minuto sollevò il capo e mi guardò, gli occhi parevano in febbrile attesa.

"Molto, molto interessante. Mi dica... in che modo posso aiutarla?"

Stavo conducendo alcuni studi sull'isteria, gli dissi, e sull'associazione tra fenomeni allucinatori e presunte pratiche magiche. Nei diari di mio padre si faceva spesso riferi-

mento a tali pratiche ma i geroglifici erano per me intraducibili. Mason mi ascoltò attentamente, poi riguardò gli appunti e fece un respiro profondo.

"*Kitab el Mayytun*... letteralmente si traduce *Libro del Morto*, è la designazione araba impiegata dai violatori delle necropoli faraoniche e indicava i rotoli di papiro rinvenuti nelle tombe. È una designazione assai generica però: i papiri trattavano gli argomenti più vari, dagli studi matematici a quelli medici, fino anche al formulario magico."

"Quello di cui si parla in quegli appunti, giusto?"

"Giusto."

Mi disse che sul *Libro per uscire dal giorno*, il vero titolo della raccolta, c'erano dei richiami a una sorta di carta topografica degli inferi, con l'indicazione delle varie entità demoniache. Si descrivevano i rituali per varcare la soglia che divide il mondo dei vivi da quello dei morti, e come il possesso di tali formule attribuisse ai sacerdoti un grande potere.

"Le prescrizioni servivano ad attraversare una sorta di terra di mezzo, in cui non si è vivi ma neanche del tutto morti, e quel passaggio poteva durare un tempo imprecisato. I non vivi dovevano affrontare molte prove prima di presentarsi al cospetto di Osiride. Il mondo dell'inconoscibile ha porte nascoste ovunque. Bisogna imparare a conoscere i percorsi, e le chiavi di accesso."

La chiave di accesso, ecco ci stavamo arrivando. Una piccola crepa si stava aprendo nel suo riserbo guardingo, forse lo stavo portando dove volevo arrivare.

"Mi piacerebbe molto poterne sapere di più... ma non saprei da dove cominciare."

Mason mi studiò per qualche istante, poi, annodandosi i boccoli biondi dietro l'orecchio, mi sorrise ancora.

"Forse potrei aiutarla..."

Quando uscì pioveva a dirotto, calzò la bombetta e attraversò il viale. Il selciato rimandava i riflessi delle luci notturne, un'auto lo attendeva subito dopo il cancello. Prima di salirvi si girò per un ultimo saluto, con un cenno di intesa. Erano quasi le nove, il tempo era volato.

Mason mi aveva raccontato, prima con circospezione, poi allentando sempre di più i freni della prudenza, di come le pratiche dell'occultismo, dello spiritismo, a cui ero particolarmente interessato, fossero state di grande aiuto nello sviluppo dei suoi studi.

"Il Marchese di Puységur più di un secolo fa diceva una cosa che per me è sempre stata illuminante: *Io credo che dentro di me esista un potere, da questa credenza deriva la mia volontà di esercitarlo, il potere di attivare il principio vitale delle persone.* Vive o morte."

Mi disse poi che, di tanto in tanto, lui e alcuni amici trascorrevano delle serate di meditazione e di sperimentazioni. E in quel momento avvertii un brivido lungo la schiena.

"Che tipo di sperimentazioni?"

"Beh, diciamo che cerchiamo modi per entrare in contatto… apriamo una di quelle porte cui le accennavo prima."

"Intende dire… porte dell'Aldilà?"

"Trovo questa definizione un po' limitativa. Diciamo porte che consentono l'accesso ai territori dell'inconoscibile."

Dal suo viso era sparita ogni traccia di sospetto. Era entrato docilmente nella trappola. Senza esitazione mi disse che, se ne avessi avuto piacere, avrebbe potuto invitarmi a una delle loro riunioni, a patto di mantenere, *ça va sans dire*, una grande discrezione sull'argomento.

"Nel mondo accademico bisogna usare molta cautela, credo possa immaginarlo. Ogni esperimento che si allontani dall'ortodossia viene tacciato di eresia. La pregherei anche di non far cenno di questo nostro incontro con mia nipote.

Berenice è una ragazza adorabile, dall'intelligenza brillante, una studiosa di grande valore, ma talvolta, come posso dire... è un po' rigida, e temo piuttosto impressionabile. Non vorrei turbarla."

"Certo, stia tranquillo. Non le dirò nulla."

"Molto bene... ah, ci tengo a dirle che Berenice non è la mia unica nipote, vorrei che conoscesse anche la piccola Lilith, sua sorella. Una creatura meravigliosa."

Quando chiusi la porta di casa ero in preda a una forte eccitazione, un'iperestesia delle mani, delle braccia. Il mio piano aveva funzionato.

Entrai nel salotto e andai verso il vecchio pianoforte a coda che era stato del nonno, mi sedetti sullo sgabello. Poi aprii il coperchio e posai le dita sui tasti.

Dopo qualche secondo cominciai a suonare. Non lo facevo da tanto tempo.

La Sonata in Re maggiore opera 21 di Richard Wagner.

Fuori impazzava il temporale.

In questi giorni mi capita di riprendere in mano libri che giacciono da decenni sugli scaffali della mia biblioteca. Sfogliarli mi riporta alle stagioni del passato.

Mentre guardo questa vecchia edizione del *Canto di Natale*, la carta ingiallita, la copertina di pelle marrone consumata sugli angoli, penso a me, bambino. Quando ho letto la prima volta questo racconto avevo nove anni, me ne stavo raggomitolato nel letto, di notte, il lume isolava una piccola sfera di mondo visibile, oltre la quale c'era la penombra e poi il buio. Oltre il buio si affollavano gli spiriti, pensavo allora, mi sembrava di sentirne la presenza. Ma c'era sempre qualcosa sul comodino che mi proteggeva, un amuleto casalingo, una figurina di cavaliere ritagliata da un albo illustrato, l'orologio del nonno con la cassa d'argento.

C'era sempre qualcosa che mi proteggeva, allora.

Poi non c'è stata più.

Alle diciotto in punto del mercoledì successivo il campanello suonò. Chadwick era già andato via e andai ad aprire. Nel tragitto fra lo studio e l'ingresso provai una strana sensa-

zione, la stessa che avevo avvertito la prima volta che Lilith era entrata nella mia casa. Un movimento d'aria, come il passaggio di qualcosa, una sorta di svuotamento intorno a me, non so dirlo diversamente.

Il signore che mi aveva fatto visita un paio di settimane prima era lì, davanti alla porta, proprio sotto la lampada che sormontava l'architrave. Mi sorrise e io lo invitai a entrare.

Ci accomodammo nella biblioteca, non si trattava di una seduta di terapia e non era necessario, forse neanche opportuno, fare quella conversazione nello studio.

"Le sono molto grato. Non avrei abusato della sua disponibilità se non fossi convinto che la situazione del mio amico stia peggiorando, credo che lei... sia la persona giusta per aiutarlo."

C'era qualcosa, nel suo viso, nei suoi modi, che non sembrava del tutto combaciare con l'immagine complessiva dell'uomo. La mia era una sensazione acerba, pensai che presto non ci avrei fatto più caso. Mi disse che avrebbe preferito per la nostra conversazione mantenere una forma di parziale anonimato. Non voleva mentirmi, riguardo al suo nome, ma non desiderava svelarlo.

"Ho deciso di adottare lo pseudonimo di Harry Jarvis. La prego di non voler considerare questa mia scelta come una scortesia nei suoi confronti. Chiamerò il mio amico Eddy, per le stesse ragioni."

Poi cominciò a raccontare. Il suo amico era un uomo notevolmente ricco per ascendenza familiare, non per meriti personali. Sin da molto giovane si era sempre dedicato soltanto agli studi e al lavoro, guadagnando grande considerazione per le sue eccellenti qualità professionali. Tutto questo, oltre alla felice disposizione nei confronti del prossimo, lo aveva reso una persona amabile e rispettata.

"Ma le cose non sono sempre come sembrano."

Si fermò qualche istante, strofinò ripetutamente le dita della mano destra sul dorso della sinistra. Come in preda a un prurito improvviso. Al mignolo portava un anello d'oro, con uno stemma di famiglia. Smise di grattarsi e mi guardò, con un sorriso che non saprei definire.

"Le cose non sono come sembrano, sì. E tutti abbiamo dei difetti..."

Il principale difetto del suo amico era una certa impaziente vivacità. Un desiderio di conoscere, sperimentare, che a volte si faceva irrefrenabile. Gli chiesi perché considerasse questa attitudine un difetto e non, piuttosto, un pregio.

"Lei ha ragione, ma un desiderio irrefrenabile non sempre si concilia con quello che usualmente si definisce un sentimento rispettabile."

Mi spiegò che da un po' di tempo a quella parte il suo amico si dedicava anima e corpo, e mai l'espressione poteva essere più pregnante, alle sue ricerche, sviluppando un'attenzione quasi ossessiva per ogni singolo risultato dei suoi esperimenti.

"Di quali esperimenti stiamo parlando?"

"Ecco... questo è uno dei motivi per cui Eddy non sarebbe mai venuto di persona a parlarle."

"Mi spieghi."

Una volta aveva raccolto le confidenze del suo amico. Gli aveva raccontato dei desideri che aveva dovuto tenere a lungo nascosti. In quell'occasione gli aveva rivelato che a un certo punto della vita aveva deciso di orientare le sue ricerche sulle diverse e contraddittorie facce della natura umana.

"Via via la sua era diventata, come posso dire... una vera e propria ossessione."

Proseguì il racconto, mi descrisse dettagliatamente alcuni dei tic dell'amico, il suo ritirarsi progressivo dalla vita sociale. Eddy si era convinto, disse, che l'uomo fosse il risultato

di unità molteplici tra loro in conflitto. Questa convinzione aveva spinto i suoi esperimenti in una direzione totalmente inattesa.

"Studiando, imparò a riconoscere la primitiva dualità che abita, nel profondo, le nostre anime. Due diverse nature lottano sempre nell'antro buio della coscienza. Siamo sempre noi stessi e il nostro doppio." È esattamente questo che mi disse allora.

Mentre parlava sentivo crescere una inquietudine sottile, una sorta di riverbero della coscienza che avvertivo dentro di me. Quello che diceva non mi era nuovo. Le stesse parole che usava, dovevo averle già sentite da qualche parte.

"A cosa si riferiva il suo amico quando parlava di due diverse nature?"

"Con una semplificazione che credo sia efficace direi: il bene e il male."

Si fermò ancora. La compostezza dei suoi tratti a volte sembrava mutare, come attraversata da una piccola scarica di elettricità.

"Ricorda la domanda che le ho fatto la volta scorsa, prima di congedarmi da lei? A proposito della cattiveria."

"Ricordo, certo."

"Ci terrei ad ascoltare il suo pensiero, prima di proseguire."

Rimasi in silenzio. Mi concentrai e provai a formulare il mio pensiero.

"Epitteto, il filosofo greco vissuto nel primo secolo dopo Cristo, sosteneva che gli uomini siano tormentati dalle opinioni che hanno delle cose, non dalle cose stesse. Se ciò che chiamiamo male non è male in sé, ma solo in quanto la nostra immaginazione gli dà questa qualità, forse le cose non stanno esattamente come pensiamo."

L'uomo mi fissava, attentissimo. Sembrava che le mie parole disvelassero qualcosa, dentro di lui.

"Pensi alla morte..." continuai. "Noi tutti ne abbiamo paura, a volte facciamo fatica persino a nominarla. Eppure molti uomini ritengono che sia l'unico rifugio dai tormenti dell'esistenza. La morte ci rende uguali."

"Non sa quanto le sue parole mi trovino d'accordo."

"Riguardo alla cattiveria... beh, quello che mi viene in mente non è una risposta, quanto, piuttosto, una domanda: la virtù, e quindi la bontà, è un fatto innato?"

"La prego, mi spieghi meglio."

"Noi chiamiamo Dio buono, forte, generoso. Non lo definiamo mai virtuoso: ci ha fatto caso? La virtù presuppone una lotta interiore. Chi è colpito da un'offesa grave, se invece di cedere al desiderio di vendetta, arrivasse a dominarlo, produrrebbe un atto virtuoso. Ma in assenza del male, senza la cattiveria, la sua qualità non sarebbe percepita, di fatto non esisterebbe. Non c'è bontà senza cattiveria."

"I gesti di Dio invece sono spontanei, senza sforzo. Vuole dire questo?"

"Esatto. La bontà assoluta non è umana."

L'uomo rimase a guardarmi, nei suoi occhi un sentimento misto, come di ammirazione. Ma c'era anche qualcos'altro, una sorta di strana, obliqua complicità. Si passò la mano sul viso, la barba appena incolta, che prima non avevo notato, produsse a contatto con i polpastrelli un suono ruvido, grinzoso.

"Ero certo di non essermi sbagliato venendo a parlarle, dottor Palamides."

Dopo un breve silenzio, riprese il racconto. A un certo punto delle ricerche il suo amico era giunto a un'importante conclusione: se fosse riuscito a isolare il bene e il male nel comportamento umano, come farebbe un chimico scinden-

do due elementi in una sola sostanza, avrebbe potuto raggiungere un obiettivo straordinario: liberare il giusto e l'ingiusto e consentire loro di proseguire il proprio, autonomo percorso.

"Dopo molti tentativi andati a vuoto, mi disse di aver finalmente individuato certi agenti chimici che avevano un potere formidabile: mutare la coscienza, scuotere il compromesso che esiste tra corpo e anima, dando nuova forma ai pensieri, i desideri, anche quelli inconfessabili."

"Una droga, quindi."

"Temo che la definizione sia riduttiva. Era riuscito a comporre una sostanza in grado di... come posso dire... interrompere il flusso tra corpo e spirito, deviandolo, portandolo altrove. Sapeva di rischiare moltissimo: quella sostanza avrebbe potuto stravolgerne l'identità, fino a sovvertirne la natura. Fisica e psicologica."

Mentre parlava notai che la sua postura appariva diversa. Qualcosa creava disagio, in quel cambiamento. Mi sembrava di sentire ancora quel richiamo lontano, dentro di me.

"Eddy mi confessò che il giorno in cui terminò di preparare la pozione aveva provato un'eccitazione adolescenziale. Il desiderio e il timore, insieme, di andare oltre. Era sulla soglia di un abisso, ma voleva... doveva spiccare il volo."

Quel richiamo, nella mia testa, cominciò a prendere forma. Come se i tasselli di un puzzle stessero per rivelare un'immagine. Ma proprio in quell'istante l'uomo si fermò, scosso da un fremito. Cominciò a tossire, si scusò, poi prese un fazzoletto e lo passò sulla fronte imperlata di sudore. Esitò ancora, come per lasciar sfumare una improvvisa crisi d'ansia.

"Le chiedo scusa, ma... temo..."

Si fermò ancora, la voce si era come arrochita. Prese l'orologio che portava nel taschino e mi guardò.

"Non mi sono accorto di come il tempo sia volato ve... velocemente. Devo proprio andare, la prego di perdonarmi. Pensa che potremmo proseguire la nostra conversazione domani?"

"Mi dispiace, ma domani è davvero impossibile."

"MALEDIZIONE!"

Il tono era improvvisamente mutato. Istintivamente contrassi i muscoli e strinsi i pugni. Ero abituato a pazienti che si lasciavano andare a intemperanze verbali, ma ammetto che quella reazione così repentina mi spiazzò. Lui se ne accorse e provò a rimediare.

"Mi perdoni, sono stato impulsivo. Ma ho un pensiero..."

"Non si preoccupi."

"Sono proprio costretto a interrompere la nostra conversazione."

"Va bene."

L'uomo si alzò dalla poltrona. Era come se qualcosa di istintivo, quasi animalesco, si stesse insinuando in lui. Si girò verso di me e colsi una luce nuova negli occhi, una determinazione primordiale. Prese dal portafoglio alcune banconote e le posò sul tavolino.

"Sarà mia cura contattarla per un nuovo appuntamento allora."

Mentre lo accompagnavo verso l'uscita mi resi conto che anche la sua andatura pareva mutata, come se il corpo fosse insieme più agile ma anche più sgraziato. Aprii la porta e lui scivolò all'esterno, poi si voltò e mi guardò un'ultima volta. Il suo sguardo mi fece gelare il sangue. Non sembrava più lui.

"Ci vediamo presto... dottore."

Sparì velocemente nel buio e io rimasi alcuni istanti fermo, come per riprendere fiato.

Chiusi la porta e andai nello studio. Mi versai un goccio

di brandy e mi sedetti alla scrivania, provando a mettere ordine nella mia testa. Dalla finestra arrivavano i suoni del traffico serale, che per tutto il tempo della seduta mi erano parsi attutiti, come annullati.

Guardai il mio disegno di bambino, sul muro di fronte a me, e avvertii una piccola vertigine.

Sul viso sghembo dell'uomo nero che mi teneva per mano sembrava essere comparso un ghigno.

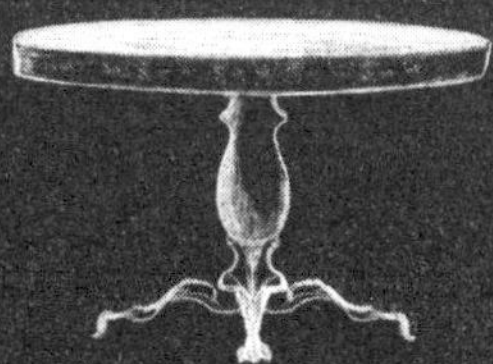

Il 12 dicembre del 1929 era un giovedì, faceva molto freddo, ma non pioveva. Gli addobbi delle feste incorniciavano i portali dei villini signorili, lasciando intravedere dalle finestre gli alberi di Natale, carichi di doni e palle colorate. Mentre camminavo verso casa Mason, mi sentivo mosso da sensazioni contrastanti: negli ultimi giorni erano accadute diverse cose strane alle quali non ero ancora in grado di trovare una spiegazione. Inoltre ero combattuto tra la curiosità e il timore per quello che avrei potuto scoprire. Ero preoccupato per Lilith.

Tagliai per un vicolo e lo scenario cambiò, le luci calde delle dimore vittoriane lasciarono il posto alla penombra livida delle case a schiera dalle cui finestre si intuiva una vita familiare di difficoltà e ristrettezze. Londra è sempre stata così, capace di sfarzo e degrado, di miseria e sfavillante bellezza, il fascino irresistibile dei suoi mondi ha vissuto e si è alimentato anche in questa zona d'ombra. Alla fine della strada, in una piccola piazza, c'era la baracca di un burattinaio, e alcuni bambini con i loro genitori assistevano a uno spettacolo di Mister Punch. Mi fermai a guardare. Punch è una maschera

inglese, derivata dalla commedia dell'arte italiana, un signore deforme con un naso enorme. Lui e sua moglie Judy se le danno di santa ragione ogni volta, animando scenette un po' grevi che fanno molto ridere i bambini. A me, da bambino, invece facevano un po' paura. Specialmente quando, all'improvviso, si affacciava dalle quinte la maschera del diavolo, anticipata dall'odore di zolfo sprigionato dai diffusori intorno al palcoscenico. Mi faceva paura, e mi piaceva.

Rimasi ancora qualche istante davanti al teatrino, poi ripresi a camminare e nel giro di una decina di minuti arrivai davanti al portone di casa Mason.

Controllai l'ora, erano esattamente le diciannove. Dopo una piccola esitazione suonai il campanello.

A tavola eravamo in quattro. Oltre a me e al padrone di casa, la baronessa Skobčova e il professor Palmer, che avevo conosciuto la volta precedente. La cena era gustosa e Mason un ospite impeccabile. Sentivo che c'era qualcosa, però, nell'aria. Gli sguardi dei commensali, i gesti di cortesia sembravano nascondere altro: mi stavano studiando. A un certo punto la conversazione mosse nella direzione prevista.

"Caro Palamides, come le avevo promesso, e in accordo con i miei amici, ho pensato che sarebbe bello che lei partecipasse a una delle nostre... sperimentazioni."

"Mi farebbe molto piacere."

Mason guardò gli altri per un istante, poi proseguì, sorridendo.

"Nulla di pericoloso, glielo assicuro."

Mi disse che un paio di volte al mese, ormai da alcuni anni, erano soliti incontrarsi. Tutto nasceva dalla comune passione per gli studi sui misteri dell'antichità, che si era poi estesa alle pratiche esoteriche, alla metapsichica e all'occultismo.

"Lei avrà sentito parlare di Allan Kardec, il fondatore dello spiritismo..."

Conoscevo bene, dissi, le posizioni di Kardec sulla metapsichica. Gli studi sui processi psichici potevano giovarsi di una sorta di ampliamento dell'esperienza, in zone interdette alla scienza, quindi anche dell'occultismo e della parapsicologia.

"E cosa ne pensa?"

"Sono convinto che la scienza non riesca a dimostrare tutto quello che si muove intorno alla nostra sfera sensibile."

Non la pensavo esattamente così, ma dovevo andare dove volevano che io stesso andassi.

"Ha mai partecipato a una seduta medianica?"

La baronessa Skobčova, che era stata in silenzio fino ad allora, mi fece quella domanda in un tono secco, guardandomi negli occhi.

"No, non ne ho mai avuto occasione, anche se..."

"...Anche se?"

"Beh, mi piacerebbe, come dicevo al professore, ne sono molto affascinato."

"Da cosa, esattamente, è affascinato?" insistette la baronessa.

C'era una nota obliqua nella sua voce. Come se stesse mettendomi alla prova.

"Voglio raccontarle un aneddoto. Anni fa, nel corso di un viaggio negli Stati Uniti, ho avuto la fortuna di conoscere Howard Philips Lovecraft, lo scrittore. Immagino ne abbiate sentito parlare. Bene, di quella conversazione mi è rimasta incisa nel cervello una sua considerazione: *Gli uomini sono convinti che le cose appaiono come sembrano. Ma gli strumenti di cui dispongono si rivelano insufficienti per la comprensione dei mondi che si celano dietro l'apparenza del reale*. Ecco,

per rispondere alla sua domanda, sono affascinato: da quello che l'intelligenza razionale non è in grado di percepire."

Restarono tutti in silenzio, poi la baronessa fece una smorfia quasi impercettibile, che somigliava a un sorriso. E sorrisero tutti, scambiandosi uno sguardo di intesa. Infine Mason mi prese il polso e lo tenne stretto.

"Mio caro, giovane amico. Credo che lei sia pronto."

Avevo davvero conosciuto Lovecraft in America, grazie al mio maestro, Houdini. In quella circostanza mi ero imbattuto in un uomo provato da sofferenze fisiche e psicologiche, che aveva sviluppato un senso ostile per l'umanità. Ossessionato dal pericolo di qualcosa di indefinito, aveva teorizzato una concezione del cosmo decisamente spaventosa. Un mondo invisibile di angoscia, terrore e oscurità. Houdini mi aveva molto parlato anche della sua amicizia con Arthur Conan Doyle, il grande scrittore scozzese, inventore di Sherlock Holmes. Amicizia naufragata proprio per il radicalizzarsi delle posizioni spiritiste dello scrittore, sempre più travolto nel vortice della credulità riguardo ai fenomeni paranormali, la cui veridicità era stata sempre puntualmente smontata dalle brillanti dimostrazioni del maestro.

Quello che stava accadendo in quei giorni, quello che accadde, mise a dura prova le mie certezze. Le mie convinzioni incrollabili di medico e di scienziato cominciarono a vacillare. Tutto cominciò a confondersi per poi trovare un ordine, molto più tardi, in una consapevolezza nuova: quello che accadeva intorno a me non poteva essere spiegato soltanto con la ragione. Quella consapevolezza mi consegnò negli anni a una quiete vigile, come quella di certi animali selvatici che dormono e restano svegli, in attesa dell'attacco di un predatore notturno.

Quando entrammo nella sala degli arazzi, appena rischiarata da un lume, rimasi impietrito.

In fondo alla sala, dietro un tavolo circolare di marmo scuro, sedeva Lilith. Aveva gli occhi chiusi.

Sembrava dormisse.

"Lei è la mia adorata nipotina," disse Mason. "Dorme beatamente."

"Dorme?"

"Sì..."

Mason mi raccontò di come si erano svolte, in passato, le loro sedute medianiche. Tutti si disponevano intorno a un tavolino, si concentravano, univano le mani e attendevano che il medium raggiungesse lo stato di trance. Da quel momento in poi ciascuno poteva rivolgere delle domande, indirizzate alle entità che intendeva raggiungere. E, a seconda della tecnica usata, il tavolino cominciava a muoversi e a dare dei colpi, oppure era lo stesso medium a parlare, ospitando la voce dell'entità evocata.

Questo fino a quando non era arrivata Lilith.

Mi disse che per puro caso un giorno aveva scoperto lo straordinario potere della nipote, il talento speciale che le consentiva di mettersi in comunicazione con i mondi ultraterreni. Una sera, mentre stava aspettando che Berenice andasse a prenderla, Lilith si era addormentata sul divano e dopo qualche minuto, continuando a dormire, aveva cominciato a parlare.

"Ora deve sapere che la piccola Lilly dopo la scomparsa dei genitori ha passato momenti difficili. I suoi comportamenti parevano inspiegabili: il suo caso fu vagliato da medici illustri che non ne vennero a capo, tanto da richiedere il ricovero in un istituto psichiatrico per alcuni mesi."

"Mi dispiace..."

"Già... ma poi la situazione si è, come dire, normalizzata.

In fondo adesso conduce una vita tranquilla, solo che non parla... non parla praticamente mai."

Io ebbi un sussulto, dovevo stare attento a non tradirmi.

"Tornando a quella volta in cui scoprii il suo talento, come potrà immaginare, sentirla parlare nel sonno mi turbò profondamente. Così rimasi accanto a lei, provai a farle delle domande e Lilith, pur dormendo, rispondeva regolarmente."

"È una cosa che succede abbastanza di frequente, nei casi di deliri notturni dei bambini."

"Lo so. Ma non era il fatto che parlasse a lasciarmi stupito, quanto quello che diceva. I suoi racconti. Imparai a capirlo presto, Lilith era in grado di *sentire* i luoghi, di percepire le presenze, seguire le tracce misteriose di chi in quei luoghi aveva vissuto, e connettersi con loro."

"Che significa?"

"Era in grado di vedere. E di attraversare i mondi."

"Intende dire che... è una medium?"

"Molto di più di una semplice medium. È una portatrice di chiavi, una messaggera delle ombre."

Una portatrice di chiavi. Ricordo che in quel momento fui tentato di scoppiare a ridere, o di prendere Mason per il bavero e sbatterlo contro il muro: quel cumulo di sciocchezze che avevo appena ascoltato non meritava altro. Ma mi trattenni, restai al gioco. Gli dissi anzi che ero molto colpito, era davvero una storia straordinaria.

Lilith nel frattempo dormiva profondamente. Mason, che doveva aver intuito i miei pensieri, disse che non dovevo preoccuparmi, lei riposava serenamente. Un infuso d'erbe, del tutto innocuo, che preparava la baronessa induceva un sonno profondo e rilassante e il suo effetto svaniva dopo qualche ora.

"Lilly non avverte nessuna sofferenza, è solo nella condizione migliore per entrare nel suo particolarissimo stato di trance. Vorrei che la vedesse all'opera."

Non sapevo cosa rispondere. Avrei voluto fermare tutto, svegliare la ragazza e mettere fine a quella buffonata. Ma non lo feci. Volevo andare fino in fondo a quella faccenda.

E così ci mettemmo tutti seduti intorno al tavolo. Accanto a Lilith c'erano Mason e la baronessa, più vicino a me Palmer. La Skobčova sfilò un foulard rosso dalla borsa e avvolse il lume di alabastro che pendeva sul tavolo dal soffitto. La luce si fece ancora più fioca e sanguigna.

Unimmo le nostre mani, mentre Mason e la baronessa presero i polsi della ragazza.

Dopo un paio di minuti che mi parvero infiniti, Lilith cominciò a parlare.

La mia carriera di indagatore dell'ignoto è cominciata quel giorno, a mia insaputa.

Per oltre sessant'anni mi sono occupato, in un modo o nell'altro, di accompagnare i miei pazienti nei meandri delle selve oscure e di cercare, insieme a loro, le chiavi che portassero, attraverso i loro stessi incubi, a una possibile guarigione. Le chiavi, sì.

Durante la seduta Lilith mi parve, non so come dire, più adulta. Era lei a dirigere il gioco.

Fece quello che faceva nel mio studio, prendere una pagina e scrivere delle frasi. La differenza sostanziale era che, di fatto, dormiva profondamente.

I teorici della metapsichica sostengono che la scrittura automatica consenta di entrare in contatto con i trapassati, e questo sembrò accadere quella sera. Palmer chiese a Lilith di metterlo in comunicazione con un suo amico di gioventù morto prematuramente, e la ragazza poco dopo cominciò a scrivere. Le frasi erano generiche, quindi variamente inter-

pretabili: non fu difficile per Palmer ricondurle al suo amico scomparso.

Quando venne il mio turno decisi di fare un azzardo, avrei simulato la conoscenza con un trapassato inventando un rapporto che in realtà era esclusivamente letterario. In quegli ultimi giorni stavo mettendo ordine tra i libri della biblioteca, pescai il nome del personaggio di un romanzo che avevo avuto per le mani, e lo lanciai nella mischia.

"Vorrei avere un contatto... con un signore, amico di mio nonno. Lui è a conoscenza di tante cose della mia famiglia che sono state sempre tenute nascoste... era un notaio. Ha custodito un testamento, poi distrutto. Vorrei poter comunicare con l'avvocato Utterson..."

Mason ripeté la richiesta a Lilith, dopo avermi fatto un cenno di assenso, e io mi concentrai sul ricordo di William Utterson, come se fosse realmente esistito. Passarono un paio di minuti senza che Lilith facesse nulla, poi prese la penna e scrisse una sola frase. Mason la lesse ad alta voce.

Sono incline all'eresia di Caino.

Più nulla. Provai ad associare quelle parole a qualsiasi cosa potesse venirmi in mente, ma non vi riuscii.

La seduta proseguì per una mezz'ora senza particolari sorprese, poi la baronessa ci avvertì che tra non molto la ragazza si sarebbe risvegliata, e così Lilith fu accompagnata sul divano, dove rimase a riposare ancora un po'.

Mason mi spiegò che spesso accadeva che le parole che Lilith scriveva nel corso delle sedute apparissero indecifrabili, dipendeva da quanto era difficile connettersi con la persona evocata.

Presi congedo e ringraziai il professore e i suoi ospiti, e tornai a casa.

Quella sera provai a rilassarmi, mi preparai una tisana e cominciai a leggere un libro che avevo acquistato la mattina da Foyles, a Charing Cross. Era un romanzo di Fitzgerald, un autore che avevo scoperto nel mio lungo tour negli Stati Uniti, e di cui mi ero innamorato. Si intitolava *Il grande Gatsby*. Mi addormentai quasi subito, in realtà, ma in piena notte mi svegliai di soprassalto, come illuminato da una rivelazione. Ripensai alla seduta spiritica e alle parole pronunciate da Lilith.

Infilai la vestaglia e scesi di sotto, in biblioteca, cercai un volume e lo sfogliai rapidamente. Mi fermai sulla prima pagina, poi lessi ad alta voce quello che c'era scritto:

L'avvocato Utterson era un uomo dall'aspetto scostante e, in tutti i casi gravi, era propenso più ad aiutare che a rimproverare. "Sono incline all'eresia di Caino," era curiosamente solito dire: "Lascio che mio fratello se ne vada all'inferno come gli pare".

Rimasi immobile, sentendo un brivido scorrere lungo la schiena. La biblioteca era avvolta nell'oscurità, e mi sembrò di essere di nuovo bambino, nella mia cameretta, quando guardavo verso la porta oltre la quale, nel buio, si affollavano gli spiriti.

Come aveva fatto Lilith a scrivere quella frase? Mi sentii invadere da una strana eccitazione, una febbrile curiosità. Mi rigirai il volume tra le mani, alla ricerca di un indizio qualsiasi che potesse mettere in relazione quel libro con Lilith. Dov'era il trucco? Come faceva Lilith a conoscere quella frase, proprio quella frase detta dal personaggio che avevo tirato in ballo io stesso per ingannare gli altri?

Mi alzai dalla poltrona e cominciai a camminare, avanti e indietro, per la stanza. Cosa stava succedendo? Provai a darmi una spiegazione razionale, magari Lilith aveva sfogliato

quel libro, quando era in studio da me, magari la sua spiccata intelligenza visiva aveva registrato quel nome e quella frase per restituirla nel corso della trance. Ma questo non servì davvero a calmarmi. Mi accostai alla finestra e guardai fuori. La strada, oltre il cancello, era deserta e il selciato riluceva appena per l'umidità. Tutto pareva quieto, come in una notte qualsiasi.

Ma non era una notte qualsiasi, un esercito di ombre stava per entrare nella mia cameretta di bambino e ingoiarmi nel buio. Avevano atteso più di vent'anni, ed era arrivato il momento.

Il giorno dopo telefonai a Berenice per invitarla a colazione. Dopo quello che era successo la sera prima mi ero convinto che non mi avesse detto tutta la verità su sua sorella. Quella faccenda cominciava a essere davvero strana, dovevo essere prudente.

Ci incontrammo da Veeraswamy, un ristorante indiano a poche decine di metri da Piccadilly Circus.

Un locale elegante, con una cucina molto raffinata. Berenice arrivò che io ero già all'interno, avevo prenotato un tavolo appartato, nella sala decorata con fregi di legno dorati. Le andai incontro e le baciai la mano, che aveva appena liberato dal guanto di pelle, poi ci accomodammo sulle poltroncine di velluto rosso e viola.

"Scusa il ritardo. Stavo trascrivendo dei documenti importanti."

"Di che si tratta?"

"Segreto professionale. Un vero e proprio mistero. Ti dico solo che c'è di mezzo l'omicidio di un faraone."

"Accidenti!"

Sorrise, e il suo volto si illuminò. Era bellissima. Portava una blusa color indaco con una scollatura tonda sul seno e una collana di perle grigie. Sulle gote, appena arrossate

dal vento freddo, gli occhi parevano più chiari, nella luce riflessa dalla specchiera d'argento. Ordinammo un cocktail e poi una zuppa al curry, il tempo trascorse splendidamente. Nell'atmosfera di quel luogo accogliente ci sentivamo bene.

"È stata una benedizione incontrarti..."

Lo disse così, a bruciapelo. E io non seppi cosa rispondere, rimasi qualche istante intontito dalle sue parole, e dalla sua bellezza.

"Dico davvero... non so chi dovrò mai ringraziare per questa fortuna. Sei un ragazzo meraviglioso, e Lilith sta facendo enormi passi avanti. Credo che tutti, alla fine, ci meritiamo un po' di felicità."

"Certo..."

"Forse è la prima volta che sento di potermi fidare di qualcuno."

Il senso di colpa atterrò sulla mia coscienza come un rapace che ghermisce un leprotto. Pensai a tutto quello che non le avevo detto e al motivo principale per cui eravamo lì. Non ebbi il coraggio di replicare. Ma, come spesso accade, il caso aiuta i codardi.

Berenice bevve un sorso dal suo cocktail e proseguì.

"Voglio dirti però che non sono stata del tutto sincera con te."

"In che senso?"

"Non ti ho detto tutto quello che avrei dovuto. Ti ho tenuto nascoste... alcune cose... che non era giusto tacere."

"Stiamo parlando del faraone assassinato, giusto?"

Sorrise, poi ridiventò seria. Sospirò profondamente e riprese a parlare.

"Prima dell'incidente occorso ai miei genitori, eravamo una famiglia normale, come tante altre... Mio padre era un uomo severo, rigido, tanto da sembrare anaffettivo. E mia madre di carattere opposto: estroversa, entusiasta della vita, sempre sorridente. Poi le cose cambiarono."

"Cosa è successo?"

"Mia madre rimase incinta quando Lilith aveva meno di tre anni. Io ne avevo tredici. Ma perse il bambino nel corso del parto. Era un maschio."

"Mi dispiace..."

"Tutto precipitò. La mamma sfiorì come una pianta attaccata da un morbo misterioso, divenne triste, cupa, incolore. Mio padre si isolò, a volte non tornava neanche a casa dal lavoro, lo vedevamo pochissimo. Se un tempo appariva distante, adesso era diventato invisibile, una lastra di ghiaccio."

"E tu?"

"Mi prendevo cura di Lilith, mia madre era sempre più assente. Poi ci fu l'incidente, in campagna."

Berenice fece una pausa. Per un attimo sembrò proiettata indietro nel tempo, gli occhi si velarono. Poi proseguì.

"Forse non è stato un incidente."

I genitori di Berenice erano stati ritrovati senza vita una domenica mattina nella rimessa del cottage di famiglia, sulle colline a ovest di Londra. Avvelenati dal gas di scarico della vecchia Rolls.

"Noi eravamo rimaste in città, a casa dello zio. Quando vennero a darci la notizia stavo facendo il bagno a Lilith in quella enorme vasca di zinco del bagno padronale. Le piaceva tantissimo."

"Perché pensi che possa non essere stato un incidente?"

"Credo che la ricostruzione compassionevole della polizia abbia confezionato una versione meno tragica. Nella borsa di mia madre fu trovata la boccetta di un sonnifero da cui non si staccava più, ormai, e che la proiettava in sonni anestetici. Lenivano il dolore dell'anima. La bottiglia era vuota. È assai improbabile che si sia trattato di un incidente."

Si soffiò il naso con un fazzoletto lilla che riportava le sue iniziali, poi bevve ancora un sorso.

"Abbiamo sempre tenuto nascosta questa storia a Lilith. Ma poi sono cominciate a succedere delle cose inspiegabili."

"Cosa?"

"Aveva ormai nove anni, già da tempo si era chiusa nei suoi silenzi... prese a parlare di notte. E quello che diceva faceva rabbrividire."

Storie brevi, di vita quotidiana, come se fossero davanti ai suoi occhi. I racconti della bambina erano precisi, descrizioni di case, stanze, oggetti. Come se entrasse davvero in quei luoghi. Come se i sogni, le visioni, fossero il mondo reale.

"Poi ha cominciato a vederla..."

"Chi?"

"Una donna... diceva di vedere una donna. Ci parlava. Quasi tutte le notti."

"E chi era questa donna?"

Mi prese la mano, la tenne stretta. E mi guardò dritto negli occhi.

Si chiamava Elena ed era stata l'amante di suo padre, anche se questo lo avrebbero scoperto più tardi. Nessuno era a conoscenza di quella storia, nessuno poteva aver suggestionato la bambina.

"Elena le raccontava di papà, di quanto le volesse bene attraverso i racconti di lui, di come si sentisse infelice in quel posto buio. Lilith ripeteva spesso quelle parole: *Vieni a cercarmi in fondo al posto buio.* Certe notti mi sembrava davvero che nella stanza ci fosse qualcuno, e cominciai ad aver paura. Ne parlai con lo zio che si adoperò moltissimo per farla visitare, quei deliri sembravano l'anticamera della follia. E così, dopo molti consulti, i medici presero la decisione di farla internare per qualche settimana in un istituto."

A questo punto Berenice si fermò. Come se dovesse elaborare un pensiero troppo complesso, o troppo doloroso.

"È rimasta troppo tempo in quel posto orribile. Non riesco ancora a darmi pace per questo."

"Non è stata colpa tua."

"Forse invece sì... se non avessi detto a nessuno dei suoi deliri notturni, forse non l'avrebbero chiusa lì..."

Rimase cinque mesi al Bethlem Royal Hospital, fino al compimento dei dieci anni. Quando uscì i deliri erano terminati, ma lei sembrava ancora più sconnessa dal mondo reale. Non parlava più, non diceva più nulla. Comunicava soltanto scrivendo, e solo con sua sorella.

"Poi un giorno è successo..."

"..."

"Un giorno un fattore molto devoto a mio padre, che continuava a occuparsi del cottage, scoprì il corpo di una donna in fondo a un pozzo in disuso all'interno della proprietà. Doveva essere lì da diversi anni ormai. Ricostruirono l'identità grazie a un biglietto miracolosamente ancora leggibile, conservato in una borsetta."

"..."

"Sul biglietto c'era scritto: *Mia amata Elena, farò quello che devo, quello che è giusto fare, e poi saremo liberi. Saremo felici. Tuo per sempre, Adrian.* Lo ricordo a memoria."

"..."

"Adrian era mio padre."

Suo padre voleva liberarsi di sua madre, ma lei aveva scoperto tutto. E molto probabilmente era stata lei a uccidere Elena, spingendola nel pozzo, per poi inscenare l'incidente del gas di scarico nella Bentley. Era la ricostruzione più probabile, anche se non c'era nessuna certezza che le cose fossero andate proprio in questa maniera.

Restammo in silenzio. Non so neanche dire quanto.

Accompagnai Berenice a casa, il cielo si era coperto di nubi minacciose. E anche il mio cuore. Sentivo tutto il peso di quella rivelazione, il dolore di lei e quello che doveva aver

sopportato Lilith. Mi sembrò tutto così grave, così importante, da farmi dimenticare completamente l'episodio della sera prima. Prima di congedarmi le accarezzai il viso, e la baciai. Sentii scorrere le lacrime calde sulle nostre labbra.

Tornai verso casa, provando a non lasciarmi invadere da quel turbine di emozioni, ma qualcosa nella testa si muoveva nei cunicoli della coscienza, e metteva in rapporto i fattori di un'equazione impossibile da dimostrare.

Chi avevo davanti a me? Chi era Lilith?

E io stesso, chi ero?

Lo sai cos'è la paura, dottore?
Sai cos'è il terrore?
È come se una mano di ghiaccio
si posasse sul cuore.
È come se il cuore palpitasse,
fino a schiantarsi, in un vuoto abisso.

Il dottor Faust, avido di conoscenza, vende la sua anima a Mefistofele. E la sua anima è dannata per sempre. Mi torna spesso in mente la tragedia di Marlowe.

Mi sembra di rivivere la sensazione che mi pervase in quei giorni. Mentre dentro di me cominciarono a lottare lo scettiscismo dello scienziato e la fascinazione per quegli eventi inspiegabili. Decisi allora di assecondare entrambi, accettando il paradosso di questa scelta.

Ancor oggi non so dire se questo sia stato un errore, ci volle del tempo per rendermi conto che ero entrato in un vortice. Come Faust, forse ero disposto a sacrificare la mia anima al diavolo.

E forse, chissà, lo feci davvero.

Incontrai Lilith qualche giorno dopo la seduta spiritica, fui molto prudente. Mi chiedevo se conservasse qualche ricordo di quella sera. Lei sembrava tranquilla, non mostrava alcun segnale di turbamento né fece riferimento a quanto era accaduto. Chiacchierammo un po'.

Le chiesi come fosse andata la giornata, la scuola, le sue passeggiate.

"A scuola abbiamo letto Emily Dickinson."

Aveva scoperto che Emily non usciva mai, disse. Si era isolata dal mondo e tutto quello che immaginava, e scriveva, nasceva dentro il suo rifugio, la casa paterna.

"C'è qualcosa in particolare che ti ha colpita?"

Attese alcuni istanti, chiudendo gli occhi, come per mettere a fuoco l'immagine della pagina che avevano letto in classe, in cui galleggiavano quelle parole. Le sussurrò.

"*Il pettirosso prova le sue ali / non conosce la strada / ma si lancia verso una primavera, / di cui ha solo udito parlare.*"

Restò in silenzio e riaprì gli occhi, appena velati dall'emozione.

Volevo che mi parlasse ancora. Le chiesi di raccontarmi delle sue letture. Non necessariamente quelle che facevano a scuola. Mi disse che le piacevano le storie che alle altre ragazze facevano paura.

"Quali, per esempio?"

Citò alcuni romanzi che, in effetti, non sembravano essere adatti a una signorina. Mi sbagliavo, ovviamente. Come molti giovani maschi della mia generazione, ero convinto che ci fossero dei recinti in cui uomo e donna dovessero stare, relegati da una convenzione che oggi mi appare grottesca oltre che ingiusta. Non conoscevo la complessità dell'universo femminile, il mistero, la forza straordinaria dell'ingegno e dei corpi. E soprattutto non conoscevo ancora bene Lilith.

Le chiesi quali di quei libri l'avesse particolarmente impressionata. Erano tre romanzi gotici: *L'abbazia di Northanger* di Jane Austen, *Il ritratto di Dorian Gray* di Oscar Wilde e *Frankenstein* di Mary Shelley.

"E cosa ti ha colpito in queste storie?"

Ci pensò a lungo, poi rispose. "*La trasformazione.*" Disse proprio così, i personaggi di queste storie si trasformavano e

diventavano altro rispetto a quello che il mondo immaginava che fossero.

"E non ti fanno paura..."

"No..."

"Che cosa ti fa paura, allora?"

Era stata una domanda diretta, inattesa. Provò a pensarci, sembrava cercasse le parole esatte, capaci di descrivere le immagini che turbinavano nella sua testa. Ma parve arrendersi a quella difficoltà, si distrasse, lo faceva spesso, e guardò verso la finestra. Fuori era ormai buio, la luce dei lampioni baluginava in lontananza. Restò a guardare verso un orizzonte invisibile, come fanno i gatti, un altrove concesso soltanto a loro.

Poi tornò a fissarmi. Non so dirlo con esattezza, ma è come se qualcosa fosse scattato, una corrente elettrica, tra i suoi occhi e i miei.

"Lui è malvagio."

"Chi?"

"Lui è stato qui."

"Chi è malvagio, Lilith?"

Prese il quaderno e cominciò a tracciare dei segni sulla pagina bianca. Quando chiuse il quaderno tornò a guardarmi. Si alzò, mi prese la mano e mi portò nella biblioteca.

Si guardò intorno, come se cercasse qualcosa, un segnale. Fece scorrere le dita sui dorsi dei libri, mentre io la osservavo in silenzio. Poi la sua attenzione fu attirata da un volume in cima agli altri, sul tavolino. Lo sfogliò, scelse una pagina e me lo porse.

"Lui... ti sta cercando"

"..."

"Lui ti ha trovato."

Fu come un movimento di terra sotto di me. Guardai il libro, sentii un freddo improvviso nelle ossa, poi lessi ad alta

voce: “*La vostra curiosità è talmente insaziabile da voler essere appagata a ogni costo? Pensateci bene... territori di sapere e potere si apriranno davanti ai vostri occhi... in questa stanza... avrà luogo un evento prodigioso tale da mettere a dura prova Satana in persona*”.

Avevo la bocca arsa dall’emozione.

Il romanzo era lo stesso dal quale proveniva la frase che Lilith aveva pronunciato nel corso della seduta spiritica e dal quale avevo tratto il nome del personaggio per ingannarla.

Quel libro era *Lo strano caso del Dottor Jekyll e Mister Hyde.*

Quando il campanello squillò, io ero ancora stordito, confuso. Berenice si affacciò sulla porta dello studio e io non fui capace di dire nulla. Mi chiese se stessi bene e io farfugliai qualche scusa. Mentre parlavo Lilith continuava a fissarmi, mi sembrava di riascoltare le parole raggelanti del libro.

Andarono via e tutto divenne silenzioso, potevo avvertire ogni scricchiolio della pavimentazione, ogni sibilo che filtrava dalle finestre.

Mi mossi per la casa senza meta, andai a lavarmi il viso con l’acqua fredda, e per un istante, mentre mi asciugavo, ebbi la sensazione di non essere solo. Dietro di me un buio denso, innaturale. In quel buio, come pensavo da bambino, si muovevano le ombre.

Mi riscossi e tornai in biblioteca, mi versai un bicchiere di brandy e mi sedetti in poltrona. Accesi la pipa. Mi parve di sentire ancora le parole che Lilith aveva pronunciato: *Lui è malvagio. Lui ti ha trovato.* Ma chi? Mi attraversarono la mente immagini confuse, scoordinate, come i fotogrammi scomposti di un film. Il mio disegno appeso al muro con l’uomo che mi faceva paura, i disegni di Lilith, i volti degli ospiti di casa Mason, l’orrore negli occhi della ragazza pic-

chiata per strada, quell'uomo incontrato nel vicolo, la donna morta nel pozzo che invocava aiuto, il manicomio di Bethlem, la città come un labirinto, quella angosciosa sensazione di essere visto, osservato, seguito, l'ombra dietro di me, riflessa nello specchio, l'uomo senza nome che era venuto a trovarmi. *Lui è stato qui.* Tutto si affollò confusamente davanti ai miei occhi, e per un istante sentii vacillare la ragione. Quella suggestione stava montando su se stessa, distorcendo la prospettiva del mondo reale, mi chiedevo se il confine tra la ragione e quello che ci sfugge non si stesse spostando davvero più in là. La linea che aveva sempre diviso i mondi sembrava scolorire e la tentazione di oltrepassarla si stava impossessando di me.

Quella notte non riuscii a dormire e la mattina, molto presto, mi vestii e uscii di casa. Avevo bisogno di prendere aria. Faceva freddo, il cielo era gonfio di nuvole minacciose. Le strade si animavano lentamente, tutto pareva senza tempo, sotto la cappa del cielo plumbeo. La voce squillante di uno strillone mi distolse dai miei pensieri, distribuiva le copie dell'edizione giornaliera di un quotidiano popolare.

"Nuovo omicidio a Marshall Street. Il maniaco di Soho colpisce ancora!"

Mi avvicinai al ragazzo e comprai una copia, il titolo era stampato a caratteri cubitali e, sotto, una fotografia mostrava il corpo di una donna riverso su un marciapiede e intorno a lei un gruppo di poliziotti in divisa. Mi ricordai di quello che mi aveva raccontato Francis Abberline, il mio amico giornalista. Ed ebbi la sensazione che tutto ciò che accadeva intorno a me fosse misteriosamente connesso da chissà quale segreto e inconfessabile legame. Subito dopo mi dissi che dovevo distrarmi, dovevo mettere la testa altrove.

Presi un tram e poi camminai a lungo, fino a Westminster.

Le imbarcazioni commerciali navigavano sul fiume incrociando pericolosamente le rotte in un traffico caotico, di fumi mefitici. Si avvertiva una strana concitazione, un affannarsi delle macchine e dei motori, che trasmetteva una sottile inquietudine.

Raggiunsi la prima stazione della metropolitana e presi un treno a caso. Mi capitava spesso di neutralizzare le mie ansie ficcandomi in una vettura, senza fissare la destinazione, mi è accaduto per anni. Ero solito guardarmi intorno e cercare, nei volti dei passeggeri, uno spunto per immaginarne la vita, una semplice giornata in mezzo alle altre. Lo feci anche quella volta, e cominciai a sentirmi meglio.

Di fronte a me c'era una giovane signora con un bimbo: lei avrà avuto la mia età, lui cinque o sei anni. La donna indossava abiti modesti ma decorosi, e il figlio, infagottato in un cappotto un po' liso, succhiava quello che restava di un lecca lecca colorato. Accanto a loro, salito da poco, c'era un signore elegante, dall'espressione gentile, vestito con inappuntabile precisione, era immerso nella lettura di un volume rilegato in pelle, per la quale adoperava delle lenti rotonde cerchiate d'oro. Provai a capire quale fosse il libro che catturava così tanto la sua attenzione; senza dare nell'occhio mi sporsi in avanti e lessi il titolo dell'opera stampato a caratteri dorati sul dorso del volume: *Historia medicinae potentiae plantarum*, Storia del potere medicamentoso delle piante. Interessante, pensai.

Osservai ancora l'uomo e mi accorsi che, a dispetto dell'eleganza impeccabile degli abiti e del portamento, le sue mani erano piuttosto callose e alcune unghie rigate da una linea scura, come quelle di un contadino. Il viso, perfettamente sbarbato, era segnato da rughe profonde, le sopracciglia folte e grigie conferivano al volto un'espressione autorevole. Chissà chi era, mi chiesi.

Dopo diverse fermate la carrozza si andò svuotando, la mamma e il bimbo erano scesi da un pezzo, ma l'uomo restava lì, impassibile, assorto nella lettura. Quando arrivammo alla stazione di Highgate ripose il libro e gli occhiali in una borsa di pelle, simile a quella che usavano un tempo i medici condotti, e si alzò. Incrociò il mio sguardo e sorrise, con il garbo che contrassegnava ogni suo movimento, infine si avviò all'uscita. Scese dal treno, e io, assecondando un impulso improvviso, lo seguii.

Mi ritrovai sulla banchina di una stazione all'aperto, dentro uno scenario quasi irreale. I rumori della città sembravano lontani, quasi nessuno in giro e poche case intorno. L'uomo, che aveva indossato il soprabito e una bombetta, procedeva a passo regolare lungo il marciapiede. Era alto, decisamente più alto di quanto immaginassi. Prese le scale, il portamento era atletico, a dispetto dell'età non più giovane.

Io gli stavo dietro a una certa distanza, lungo il viale di un parco adiacente, e pochi minuti dopo mi trovai dinanzi al maestoso portale di un edificio in stile eclettico. Era un cimitero. L'uomo entrò e io continuai a seguirlo. Oltre il cancello, superato un ampio cortile dove erano parcheggiate due carrozze trainate da cavalli, c'era un sentiero che si infilava nella vegetazione più fitta, le tombe e le lapidi sembravano inghiottite dal potere vitale della natura.

Dopo qualche minuto l'uomo arrivò davanti a un arco monumentale fiancheggiato da quattro grandi colonne, immetteva nell'Egyptian Avenue, come recitava una targa in pietra soffocata dai rampicanti. Una curiosità insensata mi spingeva ancora a seguirlo. Oltre il viale, invaso dalla vegetazione, si aprì una rotonda, che correva intorno a un albero imponente, svettante verso il cielo. L'uomo girò intorno alla rotonda, sulla quale si affacciavano cripte e cappelle, e salì

una scaletta che conduceva a una sorta di piccolo giardino pensile.

Una volta giunto in cima, tolse il soprabito e lo appese a una lapide, poi estrasse dalla borsa dei guanti e alcuni utensili e rivolse la sua attenzione a certe piantine disposte su un filare accanto al muro. C'era qualcosa di macabro e comico insieme, in quel signore dall'aria distinta che si occupava di giardinaggio in un luogo così poco adatto alla coltivazione degli hobby. Mi guardai intorno, mentre lui era impegnato con cesoia e rastrello, e percorsi l'intero corridoio circolare. La successione ipnotica dei portali tutti uguali sembrava condurre da qualche parte, ma mi ritrovavo sempre nello stesso posto. Accanto all'entrata c'era una targa divorata dalla muffa, sulla quale si attorcigliavano i rami nodosi dell'edera, non riuscivo a leggere la scritta. Provai a spostare i rami, senza successo.

"*Circle of Lebanon...*"

Sobbalzai, dietro di me si era materializzato l'uomo del treno.

"C'è scritto così, mi perdoni, devo averla spaventata."

"No... cioè sì... mi scusi, sono uno sciocco."

"Non deve scusarsi. Le dicevo che sulla targa c'è scritto cerchio del Libano. È il nome di questa magnifica costruzione circolare, che lascia tutti stupiti e talvolta un po' inquieti."

"Già..."

"Mi perdoni, non mi sono presentato. Eleazar van Helsing, lieto di fare la sua conoscenza, signor..."

"Palamides... Leonardo Byron Palamides. Molto lieto anche io."

Ci stringemmo la mano, aveva una stretta forte, vigorosa. Mi accorsi che sull'occhiello della sua giacca era appuntata una piccola croce d'argento. Restai qualche istante in silenzio, provando imbarazzo per la situazione: avevo segui-

to quell'uomo, senza alcun motivo, fino a quello che forse era un suo luogo segreto proprio nel mezzo di un grande cimitero.

"Vede quell'albero lassù?"

"Sì..."

"È un magnifico esemplare di *Cedrus Libani*, un cedro del Libano, appartenente alla famiglia delle Pinacee."

"È davvero splendido. Lei è un professore di Botanica?"

"Sono appassionato della materia. Molto appassionato. Sono un pastore protestante, un professore di Filosofia, ormai in pensione. Lei di cosa si occupa?"

"Sono uno psicologo, mi occupo di terapia analitica."

"Molto interessante."

Mi raccontò della sua passione per le piante e di come nella cura degli organismi vegetali avesse trovato un'armonia che la sua vita precedente, molto travagliata, gli aveva probabilmente sottratto. Da alcuni anni si dedicava in particolare allo studio delle piante officinali, e si recava spesso al cimitero di Highgate per seguire i suoi piccoli esperimenti.

"Che esperimenti?"

Mi fissò per qualche istante. Il suo sguardo si era fatto più penetrante, indagatore.

"Posso chiederle perché mi ha seguito?"

Mi sentii avvampare. Balbettai qualcosa goffamente, e poi decisi di dirgli la verità. Lo avevo seguito, sì, per una semplice e ingiustificabile curiosità.

"Le chiedo scusa, sono stato molto indiscreto. Sono giorni strani... Ero su quel treno senza avere una meta, mi sono molto incuriosito alle sue letture e... le confesso, anche al suo modo di agire, e ho seguito l'impulso. Deve perdonarmi."

"Ma no, non deve scusarsi. Davvero. E in fondo la capisco, la curiosità è da sempre compagna della mia esistenza, anche se talvolta mi ha portato a battere sentieri pericolosi."

Forse mi sbagliavo, ma mi parve di avvertire una nota differente nelle sue parole. Come se volesse mettermi in guardia.

"Venga, visto che è qui, voglio mostrarle qualcosa."

Mi fece strada e arrivammo sul piccolo terrapieno, sopra le cappelle, dove alcuni filari di piante crescevano tra le lapidi, nascosti al mondo da una cortina di siepi e vegetazione spontanea.

"Mi sto occupando da alcuni mesi di piante un po' speciali."

"Speciali?"

"Innesti di essenze rare, che sono riuscito a procurarmi in modi... talvolta irrituali. Piante curative, calmanti o dai poteri eccitanti. Guardi questa, per esempio."

Mi indicò una piantina con le foglie di un verde acceso, leggermente tondeggianti.

"Appartiene alla famiglia delle Laminacee, ed è in tutto e per tutto simile alla *Salvia officinalis*, che avrà magari assaggiato in qualche pietanza dall'aroma inconfondibile. Con una piccola ma sostanziale differenza."

"..."

"Questa è una pianta allucinogena, contiene una sostanza psicoattiva tra le più potenti al mondo. Originaria del Messico, è considerata sacra dagli abitanti della regione di Oaxaca, nella Sierra Mazateca. Un mio caro amico, un antropologo di Guadalajara, è riuscito a procurami alcuni semi, che hanno miracolosamente germinato e attecchito. Questo è l'unico esemplare esistente in Europa, e in tutto il mondo occidentale, credo."

"Molto interessante."

"Gli sciamani la impiegano da secoli, unitamente ad altre piante e funghi allucinogeni, per cercare un contatto con le divinità. Masticando le foglie o bevendone il succo, nella macerazione alcolica, si può accedere a visioni straordinarie...

Pensi che gli stregoni la usano anche per individuare le cause di una malattia o semplicemente per moltiplicare le potenzialità dell'intuizione."

"La prego, mi spieghi meglio."

"Bevendo il succo, le facoltà di analisi aumentano a dismisura: è come entrare in un mondo parallelo in cui tutto si svela. Gli sciamani la usavano anche per funzioni investigative, per ritrovare oggetti smarriti o scoprire i colpevoli di delitti efferati."

Per un istante un'idea insana mi attraversò la mente. Ero curioso dell'effetto che avrei potuto ottenere sperimentandola su me stesso. Sarei davvero riuscito a moltiplicare il potere dell'intuizione, a vedere lucidamente nel groviglio delle cose che si affollavano intorno?

"È incredibile. Davvero incredibile."

"Lo è, in effetti. Ma c'è un'altra faccia della medaglia."

"E sarebbe?"

"Alcuni di quegli sciamani non sono più tornati dal viaggio. Non è detto che entrare in quel mondo sia una buona idea."

Mi mostrò altri esemplari che coltivava e conservava in un ordine meticoloso: quella cura rispecchiava perfettamente l'impressione che avevo ricevuto osservandolo in treno. Chiacchierammo ancora un po', gli manifestai tutta la mia ammirazione e il mio interesse per la sua attività, così inconsueta, e prima di congedarmi da lui gli feci la domanda che avrei voluto fargli sin dall'inizio, quando lo avevo visto all'opera nell'appezzamento di terreno, tra tombe e lapidi.

"Posso chiederle... perché viene proprio qui, a coltivare le sue piante?"

Lui sorrise. Mi disse che non sarebbe stato molto prudente coltivare piante proibite nel giardino di casa, specie

per un religioso, poi mi guardò, e il sorriso si curvò in una linea quasi inquietante.

"E poi lei conosce luoghi meglio concimati di questo?"

Ci scambiammo i biglietti da visita e ci salutammo molto cordialmente. Mi invitò ad andare a trovarlo in canonica, quando avessi voluto. Era stato piacevole conversare con me.

Quando tornai a casa i pensieri confusi di qualche ora prima sembravano dissolti; quell'incontro aveva avuto il potere di portarmi altrove, come facevano le piantine miracolose che quello strano pastore coltivava di nascosto, e di cui io, altrettanto di nascosto, avevo strappato alcune foglie.

Le rigirai tra le mani, sentendone il profumo intenso, e le conservai in un barattolo di latta nella credenza.

Tra qualche giorno il 1929 sarebbe giunto al suo compimento e avrebbe lasciato lo spazio a un nuovo decennio pieno di incognite. Tutto stava per accadere.

La vigilia di Natale galleggiò in un giorno ottuso di inverno.

Per le strade si avvertivano le stridenti contraddizioni della crisi, negozi luccicanti di addobbi e persone in fila alle mense dei poveri. Ricordo lo sguardo di una bambina, poteva avere quattro anni, avvinghiata alla gonna di sua madre, nell'attesa addolorata di un pasto caldo. Poco distante, dietro le vetrine di Harrods, Santa Claus distribuiva doni colorati ai bambini festanti.

Rientrai in casa nel pomeriggio, Chadwick stava preparando il Christmas Dinner per il giorno dopo, e in tutte le stanze si spandevano gli aromi deliziosi delle pietanze, ma questo non bastava a rendermi allegro. Non percepivo nulla di lieto nell'aria, nulla che somigliasse alla confortevole confezione dei Natali dell'infanzia. Nei giorni successivi all'ultima seduta con Lilith avevo vissuto in una strana sospensione, una sorta di offuscamento del pensiero, adescato com'ero dalle sirene dei territori oscuri della mente. Sentivo di essere su un confine, ma non avevo idea di cosa mi attendesse oltre.

Mi lavai il viso e andai nel mio studio, avevo da rimettere

in ordine alcune carte e i diari di lavoro delle ultime settimane. Mi sentivo solo, questa è la verità. Ero solo. Mi sarebbe piaciuto trascorrere quella giornata con Berenice, ma una delle leggi non scritte della mia professione mi imponeva di non creare una confidenza con Lilith, fuori dall'ambito del mio studio. Avevo fatto consegnare a Berenice un regalo, da aprire l'indomani, al risveglio. Un cammeo su cui era incisa la sagoma di un gatto egizio.

Alle cinque in punto Chadwick entrò con il tè e i pasticcini appena sfornati. Posò il vassoio sul tavolino accanto alla poltrona e mi disse che, se non avevo nulla in contrario, avrebbe preferito tornare a casa una mezz'ora prima.

"Le ho preparato i *parsnips* per domani, deve solo infornarli. Le salse e le salsicce sono già pronte. Ho messo tutto nella ghiacciaia, non se lo dimentichi."

"Benissimo, grazie."

"Il pudding invece è nella credenza, insieme ai biscotti."

"Ottimo..."

"Attende ospiti nella giornata di domani?"

"No, nessuno."

"Mi dispiace che debba trascorrere da solo le festività."

"Non preoccuparti, ho tanto da lavorare."

"Capisco. Allora io vado, le auguro un eccellente Natale, signorino Leonard."

Per lui sono sempre stato il *signorino Leonard.* Fino all'ultimo, quando, qualche anno più tardi, decise di uscire con discrezione dal mondo dei vivi. Ogni volta che ci penso provo tenerezza e gratitudine per quell'uomo così antico, per la sua dedizione incrollabile, per la fedeltà assoluta alla mia famiglia, a quella casa, a me stesso. Il *signorino Leonard* stava per compiere trent'anni in realtà, era nel pieno delle sue energie di maschio adulto. Non era più un ragazzo, na-

vigava nel mare aperto di un'esistenza di mezzo, capitano di un'imbarcazione pericolosamente esposta alle correnti.

Andai in cucina e mi versai un bicchiere di vino, cercai un pezzo di cioccolato nella credenza e ritrovai il barattolo con le foglie di salvia. Lo aprii e ne tirai fuori una, la rigirai tra le dita e la annusai.

Poi provai a sentirne il sapore, portandola a contatto con la lingua, era in tutto simile a quello della salvia tradizionale. Mi era capitato altre volte di sperimentare, nel corso dei miei viaggi, sostanze che preannunciavano esiti portentosi, erbe, tuberi, funghi, senza mai riceverne davvero gli effetti promessi. Anche le miscele di tabacco che usavo per la pipa contenevano essenze e spezie considerate proibite, ma su di me producevano soltanto un effetto rilassante. Presi la foglia e la misi in bocca, e cominciai a masticare lentamente. Non sentii nulla.

Tornai nello studio, rimasi seduto a lungo con gli occhi chiusi, senza avvertire niente di speciale. Bevvi ancora un sorso di vino e scivolai lentamente in un lieve torpore, un piacevole rilassamento delle membra. La stanchezza di quelle giornate scivolava via dalle palpebre, dalle spalle, lungo le braccia. E mi addormentai.

Non so quanto tempo dopo, squillò il campanello di casa. Sobbalzai, non attendevo nessuno e feci un po' di fatica a rialzarmi, mi parve per un istante che tutto intorno a me oscillasse, si incurvasse, come sotto una lente deformante. Il mio corpo era appesantito da una strana mollezza. Mi alzai dalla poltrona e andai ad aprire, barcollando un po'.

Si era fatto buio e sotto il lume d'ingresso, dietro la cortina dei vetri smerigliati, si delineò in controluce una sagoma scura. Aprii la porta, Harry Jarvis si tolse il cappello e mi salutò.

"Buonasera, dottore."

Sentii quel ronzio improvviso nelle orecchie, come la prima volta che lo avevo incontrato. Avvertii una sensazione fluida, una confusione leggera, incrociando quello sguardo. Quasi non fossi totalmente padrone delle mie azioni. Mi sembrava che il pavimento tremasse appena, sotto i piedi.

"Buonasera..."

"Posso entrare?"

Entrò nella sala d'ingresso e io gli feci cenno di accomodarsi. Si diresse verso il mio studio, senza dire nulla. Rispetto alla volta precedente il suo aspetto pareva mutato, più trasandato nel vestire, non rasato e con i capelli un po' in disordine. Il suo stato emotivo doveva essere alterato, lo si leggeva nei lineamenti contratti, nell'espressione angosciata, le pupille dilatate sembravano mostrare gli effetti di una sostanza stupefacente.

"Voglio intanto scusarmi per il mio comportamento. Lo so che è un giorno di festa e che avrei dovuto avvertirla della mia venuta, ma mi creda... quello che sta accadendo mi sta davvero mettendo a dura prova."

"..."

"Non abbiamo molto tempo..."

Le ultime quattro parole suonarono in modo minaccioso, prima ancora che allarmato. Fece una breve pausa, si passò le mani sul viso, come per cacciare via i demoni della mente. Gli chiesi se volesse un bicchier d'acqua o un goccio di brandy. Lui mi guardò e sorrise. Era a posto così. Rividi l'espressione mite dell'uomo elegante che avevo conosciuto al primo incontro.

"Se lei è d'accordo, vorrei riprendere da dove ci siamo interrotti la scorsa volta."

Avrei potuto dirgli che avevo da fare, e di tornare magari dopo la pausa festiva, ma non lo feci. Al contrario annuii e lo invitai a continuare. Mi sembrò di non essere del tutto

padrone delle mie azioni, in quel momento, non saprei dirlo diversamente.

"Grazie. Lo apprezzo molto."

Si fermò qualche istante, come per riordinare le idee, poi riprese a parlare.

"Negli ultimi tempi, in seguito a quanto accaduto al mio amico, e provando ad approfondire alcuni dei temi che sono alla radice del suo profondo disagio, sono venuto a conoscenza delle dottrine teosofiche. La nozione di conoscenza superiore ed extraumana che deriva da queste dottrine mi ha molto turbato."

"Cosa la turba?"

"Il terrore metafisico. Mi inorridisce e mi attrae. L'attrazione dell'abisso nell'oltre anima. La scoperta di tutto quello che va oltre i sensi ."

"Mi spieghi meglio."

"Sa cosa intendono gli occultisti per visione eretica?"

"Me lo dica lei."

"Ci sono dei momenti in cui i medium sono in grado di vedere l'aura magnetica delle persone. È qualcosa che nell'oscurità irradia il corpo, la testa, le mani. Una specie di luce, nelle tenebre. Alcuni grandi occultisti possono vedere oltre la natura costituita dei corpi fino a riconoscerne un'altra. Un altro sé. Quello che insomma sta disperatamente cercando il mio amico. Strati della coscienza profondi, rivelatori di una conoscenza e di un potere di cui siamo completamente ignari."

"Lei è d'accordo con il suo amico?"

"In che senso?"

"Trova che sia giusta questa ricerca?"

"Io… io non lo so. Sono combattuto. Come quando, a volte, guardandomi allo specchio mi sembra che il mio volto sparisca e ne appaia un altro, lontano parente del primo.

Uno sconosciuto. Sono curioso e ho paura. Lei pensa che questi due sentimenti possano convivere?"

"Credo che questo sia alla base di ogni scoperta. Come quell'alunno che scappando da scuola prova la gioia di essere libero e la paura di essere preso."

L'uomo mi guardò. Intensamente. La pupilla, più scura, sembrava pulsare, aumentando e diminuendo le sue dimensioni all'interno dell'iride.

"Torno a parlarle del mio amico."

"Va bene."

"Eddy, come le dicevo la scorsa volta, aveva preparato una pozionc. Dopo molti tentativi andati a vuoto. Si sentiva improvvisamente potente, fiero, come un adolescente che guarda sfrontato a un futuro pieno di successi. Come quell'alunno a cui accennava lei, si sentiva libero. Ma era convinto di non essere preso."

"..."

"La prima volta che la bevve l'esito fu insieme traumatico e straordinario. Inizialmente avvertì dolori laceranti, una nausea insopportabile e soprattutto, mi disse... un orrore che è difficile descrivere."

"Orrore?"

"Sì, qualcosa che doveva somigliare a quello che proviamo nell'attimo in cui si nasce, o si muore. Disse proprio questo. Nessuno di noi ha davvero idea di cosa si possa provare in quella soglia dell'esistenza. Aveva la sensazione che il suo corpo si muovesse, dentro di lui, i muscoli, gli organi interni, le ossa, come per assumere un nuovo assetto. Ma poi il dolore cessò. E cominciò a sentirsi meglio, una persona diversa. C'era qualcosa di indescrivibile, di nuovo, di dolce, in quello che provava. Era più forte, più agile, più felice. Una sensazione di libertà gli aveva invaso l'animo, una libertà non innocente."

"Cosa... intende dire?"

"Eddy mi spiegò che avvertiva un cambiamento dentro di sé. Ma anche fuori di sé. Il corpo rispondeva in maniera differente, e il canale che metteva in comunicazione il pensiero e l'azione gli parve improvvisamente senza interferenze. Quel collegamento diretto, istintivo, era come un lampo, tra anima e corpo. Non vi era più la regola dell'intelletto a frenare l'istinto."

"..."

"Fu un'autentica rivelazione. Si sentiva alle soglie di una nuova esistenza, libero di essere, di agire. Dopo aver bevuto la pozione, uscì dal laboratorio e cominciò a camminare per strada, inspirando ed espirando, a pieni polmoni. Era notte, sembrava che tutti i suoi sensi moltiplicassero le loro facoltà. Era felice, sì. Si sentiva... un altro."

"Come lei, allo specchio?"

"Già..."

Fece una lunga pausa, la pupilla adesso riempiva quasi per intero l'iride. Il colore degli occhi, di un celeste pallido, adesso era quasi nero.

"Quando Eddy rientrò nel suo studio passò, appunto, dinanzi allo specchio. Il suo viso, il corpo erano... mutati... era un altro, lo era realmente, però. Il suo non era un esercizio intellettuale, o l'inganno di una suggestione emotiva. Era, e si sentiva, diverso."

"..."

"Si sentiva, senza provarne vergogna, finalmente... malvagio."

Fu come un lampo. Una scossa e una luce improvvisa. Mi sembrò che le forze mi abbandonassero. E lui se ne accorse, credo. Mi fissò, con un'espressione mutata, e sorrise.

"Adesso gradirei quel bicchiere di brandy, se non le dispiace."

La voce era diversa. Mi alzai per andare a prendere la bottiglia, sentivo le gambe tremare. Una fiacchezza mai provata. Mentre versavo il liquore nel bicchiere mi parve di avvertire uno spostamento d'aria dietro di me, e un suono indefinibile, come un ringhio sordo, provenire dalle mie spalle. La luce della lampada diminuì d'intensità. Poi un sibilo nelle orecchie, un fischio acuto, insopportabile, e un fremito lungo tutto il corpo. E quando mi voltai l'uomo era sparito.

Non c'era più. Scomparso.

Come se non fosse mai esistito.

Il richiamo latente, che si era affacciato ai bordi della coscienza e che avevo sentito crescere ascoltando la vicenda che l'uomo mi aveva raccontato, divenne in quell'istante un'immagine nitida.

Conoscevo quella storia. Conoscevo quell'uomo.

Anche se tutto pareva impossibile.

Rimasi immobile, per non so quanto tempo. Come pietrificato.

Il giorno dopo mi recai presto al parco. La sera precedente ero crollato, ma verso le sei mi ero svegliato di colpo, sbarrando gli occhi nel buio della mia stanza. E così mi ero alzato, avevo indossato una tuta e delle scarpe da ginnastica ed ero uscito.

Correre sotto la pioggia mi calmava, sin da ragazzino mi dava una puerile sensazione di onnipotenza, come se potessi dominare gli elementi. Quella mattina faceva più freddo del solito, i viali di Hyde Park erano deserti, e il sentiero che si infilava tra i campi ghiacciati dalla brina si perdeva nella prospettiva lattiginosa dell'umidità. Sentivo il rumore della ghiaia che ritmava il passo, e qua e là, i movimenti rapidi dei piccoli animali, indispettiti da quella presenza inopportuna. Respiravo a pieni polmoni, l'aria gelida invadeva gli organi rigenerandoli. Ripensai a quello che era accaduto la sera prima, e nonostante tutto mi parve di intravedere una spiegazione a quella assurda sequenza di eventi. Dopo circa un'ora mi avviai verso casa.

La giornata, nonostante tutto, trascorse tranquillamente. Il Pranzo di Natale preparato da Chadwick era squisito.

Ma verso le cinque accadde qualcosa. Il campanello di casa squillò insistentemente, e quando andai ad aprire, un giovane trafelato mi invitò a seguirlo. Era lì con l'auto pronta a partire, lo aveva inviato Berenice: Lilith aveva avuto un *incidente*, e la signorina Holmes mi pregava di intervenire.

Presi al volo il cappotto e la borsa, e mi precipitai a bordo della vettura, che partì immediatamente. Immaginai qualsiasi cosa, le aggressioni del maniaco di cui parlavano i giornali, e mi rimproverai perché troppo spesso quella ragazzina andava in giro da sola. Le strade di Londra si rincorrevano nei riquadri dei finestrini, tutto era avvolto nel silenzio innaturale del giorno festivo.

Arrivammo a destinazione dopo una ventina di minuti; Berenice era sull'uscio di casa, terrea in volto, che mi attendeva.

"Cosa è successo?"

"Vieni, ti prego."

Non si era trattato di un'aggressione ma di un malore subito dopo il rientro a casa. Lilith si era addormentata sulla poltrona, non lo faceva mai, si era afflosciata come un sacco vuoto per poi irrigidirsi. E subito dopo aveva cominciato ad agitarsi, sempre più forte.

"Ha cominciato a gridare, indicando un punto preciso, come se ce l'avesse con qualcuno... Poi si è messa a muovere le braccia e le gambe, come per divincolarsi..."

La ragazza adesso era stesa sul letto, con gli occhi chiusi. Un infermiere le aveva somministrato un calmante.

"Ha detto qualcosa, durante la crisi?"

"Ero sotto shock... non ricordo bene... erano frasi senza senso... provavo in tutti i modi a calmarla. A un certo punto... sì... ha detto anche il tuo nome, ne sono quasi certa."

"Il mio nome?"

"Sì... deve aver detto qualcosa tipo *lascialo stare, lascia sta-*

re Leonardo. Qualcosa del genere. Come se assistesse a una aggressione, e provasse a fermarli. O provasse a fermare te."

Una corrente gelida mi attraversò la schiena. Cosa aveva visto Lilith? Cosa aveva sognato?

Presi dalla borsa lo stetoscopio e la visitai. Sollevai le palpebre, le pupille erano ancora un po' dilatate, auscultai il petto, il battito era regolare.

"Quanto è durata la crisi?"

"Non so dirlo, forse una decina di minuti. Ho provato ad abbracciarla per tranquillizzarla, ma era ancora molto scossa. Tremava tutta. Poi per fortuna è arrivato il nostro vicino, che è un infermiere, l'abbiamo portata a letto e lui le ha fatto un'iniezione."

"Perché ha detto il tuo nome?" aggiunse poi, c'era una nota strana, nella sua voce.

"Non lo so. Forse ha sognato qualcosa... magari qualcosa di cui abbiamo parlato nel corso di una seduta."

"Non sarà colpa della terapia, vero? Voglio dire... potrebbe farle male?"

"Lo escludo. In studio è sempre stata serena. Abbiamo fatto grandi progressi, Lilith sta molto meglio. Lo sai anche tu."

"...Sì, certo."

"Devi stare tranquilla, Berenice. Il significato degli incubi, delle allucinazioni, non è mai riconducibile a una spiegazione semplice, immediata. Non c'è un rapporto di causa-effetto."

"Sembrava... era come se un mostro fosse lì, proprio davanti a lei."

La lasciammo riposare nella sua camera e andammo a sederci nel salottino, che si affacciava sulla strada. Ormai era quasi buio e le luci delle strade galleggiavano nell'umidità. Berenice preparò una tisana alle erbe e me ne offrì una tazza.

“Ci sono dei biscotti allo zenzero.”

“No, grazie. Sono a posto così.”

Restammo in silenzio. Berenice era in imbarazzo. Forse lo eravamo entrambi.

“Scusami. Prima ti ho quasi aggredito.”

“Non preoccuparti.”

“Sono ancora sconvolta. Erano anni che non succedeva. Non voglio neanche pensare che possa tornare tutto come allora.”

“Non succederà.”

“Mi sono lasciata prendere dal panico, e sono stata scortese con te.”

Attese ancora qualche istante, poi respirò profondamente e riprese a parlare.

“Qualche volta, dopo il ricovero al Bethlem, Lilly mi parlò di quello che aveva vissuto in ospedale. I primi tempi non ci consentivano neanche di vederla, io ero all’oscuro di tutto. Mi sono sempre sentita così in colpa per non esserle stata accanto.”

“Non hai nessuna colpa. Nessuno ha colpa in questa faccenda.”

“Era così fragile...”

“Riesci a ricordare cosa ti raccontò, allora?”

“Sì. Diceva di sentirsi triste, profondamente triste. E mi parlava anche delle visioni.”

“Che visioni?”

“Diceva che andavano a trovarla... sì, insomma, gente, persone che non conosceva. E le chiedevano di avvertire qualcuno.”

“In che senso?”

“Qualcuno all’interno dell’ospedale. Era come se... sì, insomma erano persone morte. Diceva così. Parenti, amici di pazienti ricoverati. Le chiedevano di portare un messaggio,

una parola di conforto. Come succede in una seduta spiritica. I trapassati che provano a comunicare con i vivi. Credo che funzioni così."

Rimasi immobile, mentre parlava. Ma dentro di me era come se un fulmine avesse squarciato un albero, in una foresta.

"Lei era triste, forse anche per questo. Perché non riusciva a dare sollievo agli altri. Ed era sempre sola. A volte la lasciavano rinchiusa nella sua stanza per l'intera giornata. Ma quella non era una camera come le altre. Oddio, rabbrividisco solo al pensiero."

"Una cella di contenzione..."

"Senza finestre, con le pareti imbottite. Non permetterò mai più che ci torni."

"Non succederà."

Bevve un sorso di tisana e rimase in silenzio ancora per un po', tenendo la tazza tra le mani, per scaldarsi.

"E pensare che oggi era stata una giornata così tranquilla... siamo state ospiti dalla baronessa Skobčova, insieme con lo zio."

Io sobbalzai, ma Berenice parve non accorgersene.

"Proprio non riesco a capire cosa sia potuto accadere."

"Eravate solo voi tre?"

"C'erano anche altri amici, alcuni li conosci anche tu. La baronessa non ha più parenti a Londra e spesso, per le festività, organizza pranzi o ricevimenti. È una donna molto sola."

In quel momento ebbi la tentazione di dirle tutto, della seduta medianica, delle storie che mi aveva raccontato suo zio, di quello che Lilith mi raccontava in terapia. Ma pensai, forse vigliaccamente, che farlo avrebbe peggiorato le cose.

"Ti viene in mente qualcosa di cui avete parlato a pran-

zo, qualcosa che possa aver in qualche modo impressionato Lilith?"

"Non mi pare... non ricordo nulla che... o forse una cosa, sì, ora che mi ci fai pensare."

Berenice strinse gli occhi, come per mettere ordine e recuperare un pensiero nitido. Mi disse che sì, a un certo punto, non ricordava come, era venuto fuori un discorso, molto sgradevole, sulla faccenda degli omicidi, a Soho, nelle ultime settimane.

"Mi pare di ricordare che sia partito tutto quando la Skobčova ha tirato fuori la storia delle personalità duplici, quelle che si celano dietro apparenze che si rivelano ben diverse dalla loro reale natura. E ha fatto l'esempio dei delitti di Jack lo Squartatore e di come certi personaggi potessero celarsi dietro l'identità mai svelata dell'assassino."

"E chi sarebbero questi personaggi?"

"Guarda... questa cosa mi ha colpito, adesso ricordo bene: due di quelli che ha nominato erano scrittori."

"Scrittori?"

"Oscar Wilde e Lewis Carroll, lei sostiene che ci siano forti sospetti su entrambi."

"Ma che sciocchezza è questa?"

"E quello che mi ha colpito di più era il modo in cui la baronessa ne parlava. Era come se avesse informazioni riservate a riguardo, non so come dire, come se fosse a conoscenza di un segreto."

"Ma è una stupidaggine da giornaletto scandalistico! E pensi che tutto questo abbia impressionato Lilith?"

"Lilly legge moltissimo, da piccola *Alice nel paese delle meraviglie* era il suo romanzo preferito. Immaginare che dietro la mano di chi ha scritto una storia da lei così amata ci sia l'ombra di un assassino sanguinario potrebbe averla colpita. No?"

"Possibile."

Fui improvvisamente attraversato da una sensazione strana, indecifrabile. Pensai a quel mondo di cose, dette e non dette, che in quei giorni era girato intorno ai libri, ai romanzi e alle storie che contenevano. E tutta la sequenza di strani accadimenti a essi connessi. Mi sentivo come invischiato in quella materia di sensazioni indistinte. Sembrava che tutto si stesse sdoppiando, come per effetto di un'allucinazione, quasi che realtà e finzione si incontrassero in un unico mondo oscuro. Il divano tremò, come a volte accade ai mobili delle camere che si trovano sopra i percorsi della metropolitana. Ma non c'erano treni sotto di noi.

"Tutto bene, Leonardo?"

"Sì... certo."

Riprendemmo a parlare. Lilith adesso riposava tranquilla, e quelle storie lasciavano il tempo che trovavano. Dissi a Berenice che, appena possibile, nei giorni successivi, avrei parlato io stesso con sua sorella. Ero sicuro che avremmo sbrogliato quella matassa. Lei mi prese la mano e la tenne stretta a lungo.

Le feci compagnia fino quasi alle dieci di sera, poi mi avviai verso casa.

Uno spicchio di luna tagliava il cielo sparendo e riapparendo, sfumata, dietro le nuvole.

Le strade erano deserte, la nebbia avvolgeva le case rendendo il mondo fluido, gassoso, e i fari delle poche automobili in circolazione erano occhi di animali notturni, smarriti nella brughiera. Sentivo il rumore dei miei passi, cadenzato, che segnava il silenzio. Il resto era come attutito, in quel mondo invisibile senza spigoli.

Poi udii altri passi dietro di me.

Un suono sincopato, come dovuto a una zoppia. Mi girai, ma non vidi nessuno.

Quello che stava accadendo nelle ultime settimane, negli ultimi giorni in particolare, cominciava a suggestionarmi un po' troppo, facendo breccia nel mio inconscio e proiettando assassini e squartatori a ogni angolo di strada, pronti ad aggredirmi. Avevo i nervi tesi e ogni rumore, ogni percezione dei sensi rischiava di dilatarsi, inconsapevolmente. Ripresi a camminare, accelerando il passo. E quello, dietro di me, accelerò a sua volta.

Dopo una decina di metri decisi di fermarmi e attendere che il tizio mi si parasse davanti. Provai a scorgerlo, oltre la cortina della nebbia, ma il suono dei passi si interruppe.

Cosa diavolo stava succedendo?

Inspirai e buttai fuori l'aria, poi ripresi a camminare. E quello, subito dopo, ricominciò. Un rivolo di sudore mi scese lungo le tempie, mi ricordai dell'incontro che avevo fatto qualche tempo prima in un vicolo, gli occhi selvaggi dell'uomo contro cui avevo urtato nel buio. Provai a ragionare: non c'era nessuna connessione tra quei fatti, e una semplice coincidenza si stava trasformando in una assurda, immotivata paura.

Tagliai a destra cambiando il percorso prestabilito e subito dopo a sinistra, poi mi infilai in un vicolo, stretto e lungo, in fondo al quale galleggiava la lampada giallastra di una abitazione. Camminavo rapidamente e nella stradina il rumore dei passi rimbombava, producendo un'eco sinistra. Poco dopo il rumore dietro di me si moltiplicò, mi parvero due, quattro, otto. Una musica incalzante di percussioni che terminava proprio al centro del mio stomaco.

Lo avrei affrontato, chiunque fosse. Decisi di girarmi e andargli incontro, quella faccenda doveva finire. Strinsi i pu-

gni nella pelle tesa dei guanti e mi voltai: il vicolo era totalmente immerso nell'oscurità.

"Chi è là?"

La mia voce mi sembrò alterata. Nessuno rispose. Il rumore dei passi proseguì per qualche secondo, poi si zittì.

"Chi siete? Cosa volete? Fatevi avanti."

Nulla. Neanche un respiro.

Attesi ancora qualche secondo, non accadde nulla. Allora ripresi a camminare, attraversai nuovamente il vicolo, ma prima di uscire sulla strada adiacente, qualcosa scintillò nel buio. Fu come un lampo. Sentii il colpo secco di un bastone su una spalla e un dolore acuto alla base del collo, poi un secondo, di striscio, sui fianchi. Mi mossi brancolando nell'oscurità e riuscii a schivare il terzo colpo di bastone. Quindi mi lanciai sull'uomo, colpendo quasi alla cieca, qualcosa si frantumò sotto le mie nocche e lui emise un verso osceno, una specie di grugnito. Provai ad afferrarlo, ma quello si divincolò, e con l'agilità di un gatto fuggì nel vicolo, non riuscii a vederlo in viso. Lo rincorsi fino all'angolo della strada e mi fermai, sotto la luce livida di un lampione. Era sparito. Una ventina di metri più avanti una vettura attraversava l'incrocio per poi perdersi, in lontananza.

Quando rientrai in casa, accesi la luce, mi tolsi il cappotto e mi abbandonai sulla poltrona dell'ingresso. La spalla destra mi faceva male. Mi passai le mani sul viso, strofinando le dita intorno agli occhi. Fosfeni impazziti schizzarono come scintille, dopo un'esplosione fragorosa, nel buio della mia testa. Tutto sembrava confondersi, nei pensieri, nella ragione. Qualcosa non andava, dentro di me, lo sentivo. Ne ero certo. Come se stesse sparendo il confine tra il mondo reale e quello della mia, troppo fertile, immaginazione.

Riaprii gli occhi. Mi guardai intorno, quella stanza mi parve più buia.

Poi mi accorsi dello specchio. Sulla superficie ossidata c'era scritto qualcosa, come quando, da bambini, disegniamo col dito sul vetro dopo aver soffiato il vapore. Mi avvicinai, lentamente, e lessi a mezza voce.

Nel sinistro zampettare dei ratti
sento congiungersi anima e corpo.
Nelle tenebre sono libero,
finalmente, e resto in attesa
della rivelazione.

Benvenuto nei mondi oscuri,
benvenuto in questa casa,
dottore.

Ancora quel ronzio nelle orecchie.

Ancora la terra tremare.

Sentii salire la paura. Il freddo nelle ossa.

Poi con la manica del cappotto cancellai la scritta, velocemente. E rimasi a guardare la mia immagine sfocata.

Era quasi sparita, nel buio.

Le convinzioni su cui avevo fondato il mio pensiero, la mia formazione, la mia vita si stavano sbriciolando in pochi giorni. Il ricordo si aggroviglia nella memoria, inquina le acque pure della ragionevolezza nei sentori acidi dell'allucinazione, e il pensiero si spinge fino al confine pericoloso della follia.

Ripenso a come ero prima. Un'altra vita.

Ero un giovane medico, che aveva già molto vissuto. Solo qualche anno prima del mio ritorno a Londra, immaginavo il futuro in modo totalmente diverso, risucchiato nel vortice delle glorie effimere dello spettacolo. I miei studi sulla mente e il comportamento umani, pur brillanti, sembravano non dover più trovare il loro naturale sbocco nella professione medica. Niente pareva capace di offrirmi le sensazioni vibranti che il palcoscenico era in grado di regalare.

Poi successe qualcosa, e la vita prese un corso differente.

Si chiamava Trappola Mortale. Sulla scena si ergeva una grande vasca cilindrica alta quasi tre metri e, a lato della vasca, poco distante, un baule di ferro. Il numero, che avevo

preparato e provato a lungo, richiedeva una precisa sequenza di azioni. Per prima cosa aiutavo la mia assistente a indossare una camicia di forza (la stessa camicia che avrei tristemente imparato a conoscere svolgendo più tardi la mia professione) e poi io stesso ne indossavo una: la mia era corredata di catene e lucchetti. Quando le mie braccia erano immobilizzate, entravo nel baule di ferro che un altro assistente provvedeva a chiudere con un lucchetto. La ragazza si chiamava Annabelle, era canadese. Una volta, durante un numero del maestro Houdini, dietro le quinte, ci eravamo baciati.

Annabelle veniva calata a testa in giù nella vasca circolare, che a sua volta veniva riempita d'acqua e poi coperta con un telo di velluto rosso. Il tempo era scandito da una grande clessidra al centro della scena, avevamo due minuti soltanto. Dopo sessanta secondi l'assistente toglieva il velo, e io mi ritrovavo magicamente al posto della ragazza, sospeso a testa in giù nella vasca, con la camicia di forza chiusa da catene e lucchetti, mentre lei, pochi istanti dopo, spuntava fuori dal baule, nello stupore del pubblico. Nel minuto restante mi liberavo dalle catene e uscivo dal cilindro. E la gente impazziva.

Mi ricordo quella sensazione. La percezione che solo io, pur nella finzione della scena, potessi oltrepassare il limite invalicabile che divideva la vita dalla morte. Ero l'allievo prediletto del mago Houdini, sarei diventato il più grande. Ma le cose andarono diversamente.

Eravamo a Baltimora. Per una tragica catena di errori, quella sera, i miei lucchetti non si aprirono e Annabelle non riuscì a liberarsi dalla camicia di forza. Quando l'altro assistente si accorse che qualcosa non stava andando per il verso giusto, aprì la valvola di uscita e l'acqua del cilindro inondò il palcoscenico e le prime file della sala. Ma per lei non ci fu più niente da fare.

La carriera del Mago Byron finì quel giorno, insieme alla vita di Annabelle.

A volte mi capita ancora di sognarla, e sento la stessa tragica impotenza di allora.

Quando sono rientrato in Europa, mettendo fine alla mia promettente carriera di escapologo, non avrei mai immaginato che mi sarei addentrato in territori così accidentati e oscuri, e avrei incontrato misteri ben più grandi delle illusioni di un mago.

La mattina del Boxing Day, il 26 dicembre, Chadwick preparò i doni da consegnare ai bambini delle famiglie meno abbienti. Confezionò le scatole in cucina, dolciumi, biscotti, piccoli giocattoli e libri illustrati, e le affidò a due giovani volontari che, insieme ad altri, avrebbero fatto il giro dei quartieri operai. Nell'aria si avvertiva sempre di più la minaccia della crisi, le cui conseguenze avrebbero segnato per anni il mondo intero.

Quando i ragazzi bussarono alla porta ero nel mio studio, immerso nella lettura, li sentii chiacchierare mentre ritiravano le scatole. Poi tornò il silenzio. I suoni della città sembrarono presto allontanarsi, fino a sparire, come se le strade, la gente, i palazzi si stessero muovendo per andare altrove, lasciando la mia casa isolata in un deserto fuori dal tempo. Non sapevo ancora che due universi stavano avanzando, in una migrazione aberrante, uno dentro l'altro. Mi sporsi dalla poltrona e guardai dalla finestra: il cielo era insolitamente terso, di un nitore perfino innaturale in una città sempre più affogata nello smog.

Nel pomeriggio, mentre ero immerso nella lettura e sorseggiavo una tisana, bussarono alla porta. Attesi qualche istante, ma Chadwick non andò ad aprire; mi parve strano che non mi avesse avvertito prima di andare via. Istintiva-

mente mi ricordai di quello che era successo la notte prima, il balordo che mi aveva aggredito, il messaggio sullo specchio.

Presi un bastone dal portaombrelli e mi accostai alla porta, la spalla destra mi faceva ancora un po' male.

Aprii lentamente e, con mia grande sorpresa, mi ritrovai davanti a Lilith. Era sola.

Non disse nulla ed entrò. Si avviò verso lo studio, e io la seguii.

Tolse cappello e cappotto, poi si sedette.

"Tutto bene, Lilith?"

Mi guardò intensamente. Sembrava allarmata.

"Tua sorella sa che sei qui?"

"No."

"Non è una buona idea che tu vada in giro da sola, in un giorno di festa. Non temi che Berenice possa preoccuparsi?"

Restò ferma, concentrata, come se dovesse ordinare le idee. Poi aprì la borsa e tirò fuori il quaderno. Lo aprì dove aveva posto un segno e me lo porse. Un'illustrazione riempiva tutta la pagina, una grande macchia nera d'inchiostro e al centro una macchia bianca scavata nel buio, come una fonte di luce che invade lo spazio, e nella luce due figure si ritagliavano nette, aggrovigliate in una specie di lotta.

"Che cos'è?"

"L'ho disegnato stanotte."

"Chi sono questi due?" chiesi indicandoli.

Restò in silenzio a lungo, portando lo sguardo altrove, come se cercasse qualcosa sui muri, un segnale sulle pareti. Mi accorsi di come il suo viso potesse modulare le frequenze di una ampia gamma di microscopiche espressioni, producendo sensazioni sempre differenti, inaspettate. Fino a diventare tutt'altro che angelico.

Riprese a parlare, scandendo con attenzione le parole.

Disse che si stava avvicinando il momento di andare. Lei aveva visto, disse proprio così.

"Cosa hai visto, Lilith?"

"Lo sai."

"No... non lo so."

"È tornato a trovarmi."

"Chi è tornato a trovarti?"

"Lo sai."

"No, Lilith, non lo so. Devi dirmelo tu."

"Quello che ti sta cercando."

"Chi è che mi sta cercando?"

Il viso si aggrottò in un'espressione più severa, per un attimo sembrò non avere età.

"Quello che hai evocato."

Restai in silenzio. Avrei voluto arrendermi, sì, credo sia l'espressione che descriva meglio il sentimento che provai in quell'istante. Volevo arrendermi a quella successione di fatti inspiegabili che, come animali voraci, stavano assaltando la mia mente. Mi sentivo assediato. Poi la ragione riprese il sopravvento e guardai Lilith. Pensai a quello che era successo a casa dello zio: probabilmente i suoi sogni, i suoi disegni erano il prodotto di suggestioni progressive, frammenti di memoria sopita di una mente disturbata, e altrettanto probabilmente le allucinazioni della sera prima potevano essere addebitabili alla stessa causa.

Poi Lilith mi guardò dritto negli occhi e mi prese le mani. Non l'aveva mai fatto.

"Hai paura?"

"No, non ho paura..."

"Allora dobbiamo andare."

Deglutii, sentii la sedia tremare sotto di me. Il mondo girò per qualche istante, e tutto sembrò oscurarsi. Feci un paio di respiri profondi, provai a mantenere la calma.

"Lilith... ieri sera non sei stata bene. Lo ricordi?"

"..."

"Può succedere in certe circostanze di vedere le cose in un modo... diverso. Lo capisci, vero? A volte il nostro cervello fatica un po' a combinare i fattori. Ci sembra di... vedere cose che magari... che magari esistono solo nella nostra immaginazione."

"..."

"Non bisogna vergognarsi di questo."

"Non mi vergogno."

Aveva lo sguardo dritto, determinato. In quel momento mi resi conto che era lei a condurre il gioco, non io. Era più forte di me, non cedeva all'emozione, mentre io sentivo sgretolarsi le difese.

"Ieri tua sorella era molto turbata. Diceva di averti vista..."

"Mi ha vista parlare con lui."

"Sì... ma nella stanza non c'era nessuno. Lei era lì con te. E non c'era nessun altro."

"È vero. Nella stanza non c'era nessuno."

"Ecco, appunto."

"Non era nella stanza."

"E..."

"Io non ero nella stanza."

I suoi occhi dritti nei miei. Mi sentii invaso da uno smarrimento improvviso, un gelo dell'anima che non avevo mai provato. Senza dire altro lei si alzò e infilò il cappotto, poi si diresse verso la porta d'ingresso. Prima di uscire mi guardò ancora.

"Metti il cappotto. Dove andiamo farà freddo."

Non dissi nulla, come in uno stato di trance, presi il cappotto e lo indossai.

Lei mi diede la mano e con l'altra, lentamente, aprì la porta.

Fuori non c'era nessuno.

Il cielo terso era sparito.

I rumori delle strade erano spariti.

Le luci delle case erano sparite.

Era buio.

Era un mondo nero.

Tutto quello che vediamo non è altro che un sogno, un sogno dentro un sogno. Mi tornano in mente i versi di una poesia di Edgar Allan Poe. Descrivevano il fenomeno del falso risveglio, decenni prima della nascita di Carl Gustav Jung. Poe raccontava, così come aveva fatto nei suoi romanzi, le realtà misteriose che ci corrono accanto, i percorsi tortuosi che ci conducono a esse, e come i doppi sogni siano una finestra su altri mondi, che la ragione, da sola, non riesce a interpretare.

Ricordando quei giorni non posso che ripetere quella frase a me stesso: tutto quello vediamo, o quello che sembriamo, altro non è che un sogno dentro un sogno.

Le strade erano avvolte da un buio denso. Un silenzio innaturale. I timidi bagliori delle finestre sembravano sospesi nel nulla. Faceva freddo, sempre di più.

Mi sembrava di non riconoscere le vie con le quali avevo una consuetudine quotidiana, mi chiedevo che fine avessero fatto le luci, i negozi, le automobili. L'unica certezza era la mano di Lilith che stringeva la mia.

Camminammo a lungo, senza parlare. Eppure parlammo, senza dire.

Come in certi sogni, appunto, che ti fanno sentire le voci. Arrivano dai corpi muti, da volti impassibili. E come in certi sogni cominciai a sforzarmi per orientare la mia volontà, per uscire dalla matassa avvolgente dell'inconscio.

Dove stiamo andando, Lilith?

La mia voce suonò attutita, dentro di me. Come un riverbero della coscienza.

A casa sua. Prima che torni.

Non replicai. Tirai su il bavero del cappotto, il freddo si faceva sempre più intenso e l'umidità penetrava nelle ossa. Ero due volte me stesso, posso dire così. Consapevole da un lato di quella sorta di alterazione di coscienza. E dall'altro vivevo ogni istante di quell'esperienza, respiravo, parlavo, camminavo. Ero padrone delle mie azioni.

Man mano che passavano i minuti, cominciarono ad affacciarsi sulle strade gruppi sparuti di persone, e alcune carrozze che attraversavano rumorosamente il selciato. Che fine avevano fatto le automobili e i motocicli? Tutto era affondato nella penombra, le strade fangose, maleodoranti erano fiumi in cui navigavano sagome nere, come transiti di anime in pena.

Lilith procedeva senza esitazioni, e io la seguivo. Non so dire dopo quanto tempo giungemmo dalle parti di Carnaby Street. Sotto la luce fioca delle lampade a gas la strada era quasi irriconoscibile, come un'imbarcazione arenata su un fondale, entrammo in un vicolo che ci condusse a una via che non avevo mai percorso, al termine della quale sorgeva un fabbricato dall'aspetto sinistro.

Portava i segni di una incuria centenaria, nessuna finestra

sulla facciata e una porta sudicia e scrostata. Ci fermammo. Lilith mi guardò.

Ci siamo.

Guardai la porta, e poi dietro di me. Il vicolo era buio, il bagliore incerto di una lampada in lontananza sembrava un faro incrociato al largo nell'oceano.

Bussai, ma nessuno rispose, poi spinsi il battente ed entrai, come sospinto da una forza invisibile. Dietro di me Lilith. Tutto sembrava andare in una direzione obbligata.

La grande sala era ingombra di tavoli, scaffali e attrezzature, sembrava il laboratorio di un chimico. Mi chiusi la porta alle spalle, in quel momento non mi posi neanche il problema che stavamo commettendo un reato, violando un domicilio sconosciuto, e che qualcuno avrebbe potuto sorprenderci. Lilith era accanto a me. Restammo immobili per qualche istante.

Cerca quello che ti serve sapere.

Cosa mi serviva sapere? Cosa stavo cercando? Intorno neanche un suono, come se quella stanza, quella casa, fossero assorbite in un mondo parallelo, senza vita. Mi pareva di poter avvertire i piccoli segnali, i movimenti microscopici, lo scricchiolio di un'asse del pavimento, il foro praticato da un tarlo, un alito di vento gelido che arrivava da una fessura sul muro. Guardai Lilith e mi sembrò più adulta, aveva una determinazione nello sguardo, una forza silenziosa che mi incoraggiò a proseguire. Dopo la prima stanza ci fu una seconda, illuminata da un lucernario, da cui pioveva una pallida luce lunare. Via via che ci muovevamo, era come se i sensi si stessero affinando. Come se potessi vedere meglio, nel buio.

Percorremmo un lungo corridoio in fondo al quale si

ritagliava un rettangolo di luce fioca. Arrivammo in fondo ed entrammo in uno studiolo ben arredato, secondo il classico stile vittoriano. Una lampada di alabastro, sullo scrittoio, mandava una debole luce giallastra segnando lo spazio di ombre soffuse. Mi guardai intorno. Avvertivo un senso di mutazione, dentro di me. Come forse deve sentirsi un bruco nell'atto di diventare farfalla, oppure il serpente quando dismette la pelle per sfoggiarne una nuova.

Sullo scrittoio c'erano alcuni quaderni e un'agenda rilegata in pelle. Sfogliai i quaderni, le pagine a quadretti sottili riportavano formule matematiche, file di equazioni, con cancellature e alcune note a margine. Niente che suscitasse particolarmente la mia attenzione. Poi aprii l'agenda. La sequenza dei giorni era scandita da brevi appunti, fino a che incrociai quelle che sembravano le minute di lettere da spedire. Ne lessi alcuni passi.

Sono nato nell'anno 18..., sensibilmente ricco e munito di qualità eccellenti, propenso all'operosità e ben disposto verso i miei simili. In ragione di tutto ciò nutrii sin da giovanissimo legittime aspettative di un avvenire onorevole e brillante. Ma trovai sempre arduo conciliare la mia impaziente vivacità, i miei desideri talvolta celati, con il desiderio di presentare pubblicamente un contegno consono alla mia posizione.

E poi ancora:

Fu la natura prepotente delle mie aspirazioni a rendermi quello che presto divenni, quando un abisso improvviso, come un burrone che interrompe un sentiero di montagna, separò in me il dominio del bene dal dominio del male, che formano e sostanziano la natura duale di ciascuno... e così mi avvicinai a quella verità emozionante e terribile, che

l'uomo non è appunto unico, ma duplice, e quella scoperta mi spinse nella direzione di una orribile catastrofe...

Mentre leggevo, quasi sussurrando, i tasselli del mosaico che nelle settimane trascorse si era andato componendo nella mia testa trovarono posto, in una rapida successione, disegnando un'immagine coerente, pur nella sua paradossale insensatezza.

C'era qualcosa di strano, nelle sensazioni che provai bevendo quella pozione, qualcosa di ineffabile, di nuovo, e nonostante i dolori laceranti che accompagnavano la trasformazione, un sentimento dolce, di giovinezza ritrovata, una corrente disordinata e potente di immagini sensuali che si rincorrevano nella testa, una sconosciuta ma non innocente libertà che mi invadeva l'anima...

E ancora:

Compresi, nell'alito di questa nuova esistenza, che desideravo essere quello che la droga mi portava a essere: malvagio, e ancora più malvagio, venduto come uno schiavo al mio peccato originale, consapevole del piacere inconfessabile prima che la mia malvagità mi consegnava. Mi accostai allo specchio nel mio gabinetto e conobbi per la prima volta l'aspetto di Edward Hyde.

Mi fermai. Sentivo il respiro in affanno. Chiusi l'agenda e la posai sul tavolo. Lilith di fronte a me mi stava guardando, e vidi nei suoi occhi qualcosa che sembrava paradossalmente darle quiete. Sapeva quello che stavo pensando, quello che il mio cervello stava mettendo nell'ordine atteso. E il fatto che io percorressi una strada, che per molti aspetti non avrebbe avuto ritorno, le dava pace.

Non si sentiva più sola. Non era più sola, nel mondo delle ombre.

Quel diario rilegato in pelle scura, su cui erano impresse le iniziali del suo autore, descriveva la trasformazione dell'uomo nel suo doppio. Quella che mi aveva raccontato l'uomo che era venuto a trovarmi nel mio studio, Harry Jarvis. Esattamente le iniziali che comparivano sulla fodera di pelle.

Ma quelle stesse iniziali appartenevano a Henry Jekyll, il suo vero nome. E in quel momento, da qualche parte, quell'uomo si stava trasformando in Mister Hyde.

Un rumore improvviso, nella stanza accanto, mi distolse da quella selva di pensieri. Qualcuno stava entrando in casa. Presi per mano Lilith e la portai fuori da quella stanza.

Vidi una sagoma scura che si muoveva nel laboratorio, ne riconobbi il profilo e il portamento, guardai Lilith e le feci cenno di non fiatare, poi ci appiattimmo contro la parete e scivolammo lentamente lungo il corridoio. L'uomo armeggiava davanti al tavolo ingombro di provette e alambicchi, emettendo dei suoni gutturali, indistinti, simili al grugnito di un animale selvatico. Mentre uscivamo dalla porta che dava sul vicolo, l'uomo si girò improvvisamente, e nel buio mi parve di incrociare il suo sguardo. Poi fuggimmo via.

Attraversammo la città, senza voltarci indietro, e man mano che procedevamo, le strade cominciarono ad animarsi di persone e automobili, comparvero le luci dei negozi, e i rumori del traffico lentamente si sovrapposero al silenzio assoluto di poco prima.

Accompagnai Lilith a casa, intorno era di nuovo il pomeriggio inoltrato di un giorno festivo. Quando la salutai lei mi sembrò diversa, ma tutto mi sembrò diverso, da lì in poi. Lei non si voltò mai a guardarmi.

Quando arrivai alla mia abitazione, rimasi davanti al cancello. Senza sapere esattamente cosa fare, cosa pensare. Ero dentro un vortice lento, uno sfasamento temporale.

Rientrai in casa e andai a lavarmi il viso. La mia faccia era tirata, le occhiaie, le labbra secche, la fronte attraversata da segni profondi. Andai a stendermi sul letto.

E ripensai a quello che era successo e a una nota scritta in quel diario.

Nulla si perde, si trova soltanto. Nel fondo del pozzo c'è la verità, come nella favola. Bisogna sentire, e cercare, fino alla fine.

Tutto era esploso per poi ricomporsi, i pezzi del puzzle avevano dato forma all'immagine che nella mia testa viaggiava da tempo. Quello a cui avevo assistito in quella casa era uscito dalla penna di Robert Louis Stevenson. Quel romanzo era stato scritto quasi cinquant'anni prima.

Quella notte mi addormentai tutto vestito, come dopo una sbornia colossale, affondando in un sonno senza sogni. Mi risvegliai senza ricordare nulla dei momenti che avevano preceduto quella specie di letargo improvviso. Sentivo i muscoli doloranti, contratti, come dopo un combattimento.

Scesi in cucina, acciaccato, Chadwick aveva preparato la colazione in una sincronia perfetta. Quando si affacciò per controllare il pane tostato mi guardò con espressione impassibile, ma qualcosa nel suo viso mi diceva che stava facendo alcune severe congetture sulla mia notte movimentata.

"Servo la colazione nel soggiorno o preferisce restare in cucina?"

"Resto qui, grazie."

Apparecchiò la tavola e servì porridge e uova strapazzate. Poi mise sul tavolo i giornali e una tazza di tè bollente.

"Vuole che le prepari un bagno?"

"Grazie, non è necessario. Farò una doccia."

Sentivo ancora quel ronzio nelle orecchie. Il mondo faceva fatica a tornare a fuoco. Mi lavai, restando a lungo sotto il getto d'acqua. I pensieri erano anguille elettriche, nella mia testa. Mi rasai, frizionai i capelli e mi asciugai, poi tornai nella camera da letto per rivestirmi.

Rimasi fermo di fronte alla specchiera dell'armadio, sulla spalla destra un grosso livido, lì dove mi aveva colpito il bastone dell'aggressore nel vicolo. Il mio corpo mi parve quasi estraneo, man mano che lo osservavo, la stessa sensazione che si prova quando si ripete ad alta voce, e tante volte, la medesima parola, fino a perderne il significato. Scesi le scale e andai nello studio.

Mi sentii spaesato, improvvisamente fragile. Il mondo sembrava sfuggire al mio controllo. Dopo aver fatto avanti e indietro decine di volte, tra salotto e biblioteca, ruminando quei pensieri tossici, decisi che sarei uscito di casa, non potevo restare intrappolato in un labirinto di domande senza risposta. Dissi a Chadwick che avrei pranzato fuori, presi il soprabito che era appeso all'ingresso e uscii.

Fuori c'era un sole splendente, sembrava una giornata di primavera. Quella luce normalmente mi avrebbe messo di buon umore, ma mi sentivo sfocato, cominciai a vagare e camminai a lungo senza meta. Comprai un giornale e andai a sedermi su una panchina nel parco. Lessi le notizie della cronaca locale, provando a distrarmi, navigando in quei fatti che mi parevano privi di importanza: l'ultimo turno del torneo di seconda divisione, lo spettacolo di danzatori e acrobati al Daly's Theatre, il rincaro del prezzo del carbone, gli alani gemelli vincitori del concorso canino a White City. Era un mondo distante, lontano, lontanissimo dal mio.

A un certo punto la mia attenzione fu attratta dalla pa-

gina di cronaca nera. Gli strani casi di aggressione si erano andati moltiplicando a Soho, nelle ultime settimane. Le vittime erano quasi tutte giovani donne e l'aggressore, un uomo di altezza media e dai tratti quasi animaleschi, agiva sempre alla stessa maniera: inveiva nei confronti delle ragazze e poi le percuoteva, a mani nude o con un bastonc. Al sopraggiungere dei passanti se la dava a gambe velocemente, scomparendo tra i vicoli. La descrizione dell'uomo coincideva con il racconto della giovane che Abberline e io avevamo soccorso nei pressi del pub. E mi venne naturale pensare anche all'attacco che io stesso avevo subìto.

Staccai gli occhi dal giornale, e guardai l'orizzonte del parco. Nella mia testa si andò formando un'associazione, tanto ingiustificata quanto suggestiva, fra tali eventi e quello che avevo vissuto, o pensavo di aver vissuto, la sera prima. Fui percorso da un brivido di terrore. Nel romanzo di Stevenson il dottor Jekyll, quando si trasforma in Hyde, si rende protagonista di una serie di atti efferati ai danni di giovani donne. Con una modalità del tutto simile a quella descritta sul giornale.

Per quel che ricordavo, i fatti di cronaca nera di quei giorni si erano svolti proprio dalle parti dei luoghi descritti nel romanzo.

Sentii diffondersi in tutto il corpo una sensazione che faccio fatica a descrivere, un'agitazione crescente che si impadroniva delle fibre muscolari. Ben presto si sarebbe trasformata in panico. Stavo perdendo il controllo di me stesso.

Mi alzai dalla panchina, appallottolai il giornale e lo gettai in un cestino; cominciai a camminare rapidamente, sempre più rapidamente. Poi mi misi a correre, con le mascelle e i pugni serrati, senza che questo avesse un senso, allungando sempre più le falcate, e attraversai l'enorme distesa di prato, zigzagando come un animale braccato che prova a difendersi dall'attacco di un predatore.

Quando arrivai sfinito sulle sponde del Serpentine Lake, mi fermai per riprendere fiato e mi inginocchiai. Il cuore mi pulsava nelle orecchie, mentre provavo a calmarmi, raggomitolato su me stesso. Forse stavo davvero impazzendo.

Non appena sollevai gli occhi mi accorsi che, a qualche metro di distanza, c'era un uomo che mi stava osservando. Lo riconobbi.

Entrammo nel suo studio, mi fece strada, e mi sedetti sulla poltrona di velluto color porpora, di fronte alla grande libreria di noce scuro. Lui tolse cappello e soprabito e li appese a un attaccapanni con delle teste di scimmia intagliate al posto dei ganci. Mi chiese di scusarlo qualche minuto e uscì dalla stanza. Io rimasi immobile, inebetito, ero ancora scombussolato. Quando ci eravamo incontrati l'uomo mi era venuto incontro e senza dirmi nulla, inaspettatamente, mi aveva abbracciato. E io, altrettanto inaspettatamente, ero scoppiato a piangere come un bambino. Provando un po' di vergogna.

Era come se lui avesse compreso ogni cosa, il mio travaglio, le mie paure, la mia incapacità di trovare una risposta, e io, istintivamente, avessi trovato una sponda, una via d'uscita dal tunnel in cui mi ero ficcato. Mi aveva proposto di seguirlo nel suo studio dove, se avessi voluto, avrei potuto raccontargli tutto davanti a una tazza di tè caldo. E io lo avevo seguito.

Nessuno di noi disse una sola parola nel tragitto, ma era come se un movimento di pensieri si agitasse tra noi.

Van Helsing rientrò nella stanza con un vassoio e due tazze di porcellana con disegni esotici, da cui salivano piccole spirali di fumo.

"È un tè nero che mi ha regalato un armatore cinese, amico di vecchia data. Gradisce del latte?"

"No, grazie."
"Credo di sapere quello che prova."
"..."
"Ci sono più mondi di quanti immaginiamo che Dio ne abbia creati. Ci sono più Realtà, oltre alla realtà naturale e quella che riteniamo soprannaturale. Non sappiamo nulla di quello che ci circonda, fino a quando non cominciamo a vedere. Quelli che possono farlo."
Io lo fissavo, ansioso di capire. Lui proseguì.
"Nei suoi occhi leggo che lei ha incominciato a vedere. Mi dica cosa è successo, esattamente."
E così cominciai il racconto. Dal principio, per filo e per segno, come se lui fosse il confessore e io un peccatore che ha bisogno di liberarsi dal peso dei suoi peccati.
Mentre parlavo la tensione dentro di me si andò lentamente allentando. Lui mi ascoltava, sorseggiando il tè. Quando terminai, rimase in silenzio. Poi sospirò, come se avesse compreso la portata di qualcosa di grave e dovesse trovare una forma per dirmelo.
"L'ho ascoltata con molta attenzione..."
"..."
"Credo che sia necessario fare un po' di chiarezza, tra noi."
"..."
"Non ci siamo incontrati per caso, questo pomeriggio."
"Cioè?"
"Ci siamo incontrati perché io la stavo seguendo."
"Perché?"
"La tengo d'occhio, da alcuni giorni... È una cosa che ho avvertito nel nostro primo incontro, a Highgate."
"Cosa ha avvertito?"
"Lei ha varcato una soglia... che può essere pericolosa, ne è consapevole?"

Rimasi a fissarlo, tentando di capire dove volesse portarmi.

"Che soglia avrei varcato?"

"Per usare le parole di uno scrittore che lei sicuramente conosce, *la pazzia in cui crediamo di affondare a volte non è altro che l'estrema acutezza dei sensi.*"

"Intende dire che quello che le ho raccontato, e che mi fa temere di essere pazzo, non è altro che... non lo so... frutto di coincidenze, fatti realmente accaduti?"

"Non mi faccia dire quello che non ho detto. Nessuno ha parlato di fatti, io non ho parlato di realtà."

"E allora? Che cosa sta tentando di dirmi?"

Il pastore rimase qualche istante a riflettere, come se dovesse pesare le parole, poi, quasi distraendosi, prese dal tavolo una tabacchiera ed estrasse da un portapipe un esemplare in radica finemente intagliato. Prese un ciuffo di tabacco e lo infilò nel fornello, accese e aspirò profondamente, buttando fuori una nuvola densa di fumo profumato di spezie.

"Non tutto quello che avviene intorno a noi è reale. E non tutto quello che è reale accade intorno a noi. L'illusionismo, che lei ben conosce, si basa sul trucco, ma non solo. Esiste un patto silenzioso tra spettatore e prestigiatore. La possibilità di credere a qualcosa di incredibile. Chi assiste allo spettacolo sa che esiste un trucco ma nello stesso tempo ama pensare che possa esistere un potere misterioso, una capacità riservata a pochi, di compiere azioni straordinarie."

"E quindi..."

"E quindi qui non siamo dinanzi a uno spettacolo di illusionismo."

Soffiò un'altra nuvola di fumo.

"Talvolta le azioni straordinarie... esistono. La soglia che divide la verità dalla finzione è un problema, mi consenta l'espressione, di assi cartesiani. Siamo abituati a pensare alla real-

tà che ci circonda in termini geometrici. Il confine che separa quello che sembra possibile da quello che appare impossibile è come una retta che divide due superfici su un piano orizzontale. Ma ci inganniamo. Esistono altri piani, altre superfici."

"Quali sarebbero?"

"Esiste un sopra e un sotto. Un altrove. Uno o più mondi paralleli al nostro. L'estrema acutezza dei sensi, di cui parlavo prima, consente ad alcuni di vedere, di vederli."

"Quindi mi sta dicendo che per lei è normale che io abbia incontrato quell'uomo, un personaggio che dovrebbe essere di fantasia, e che quel personaggio si relazioni con me, come facciamo lei e io in questo momento?"

"No, non sto dicendo questo. E non è affatto normale infatti. È un evento assolutamente straordinario. C'è da chiedersi perché abbia voluto incontrarla..."

"Che vuol dire?"

"Io credo che quello che le è accaduto non sia un caso. Né tantomeno che sia addebitabile alla perdita del senno. Lei non è pazzo, Leonardo. Credo che, in una forma difficile da comprendere, qualcuno le stia chiedendo aiuto. E credo anche che lei, in una forma altrettanto difficile da comprendere, potrebbe essere in grado di darglielo."

Rimasi in silenzio.

"Vede, caro Palamides, mi sono abituato, nel corso della mia vita, a confrontarmi con accadimenti che i più avrebbero giudicato soltanto il frutto della fantasia sregolata di un fumatore d'oppio. Ho visto cose, persone, azioni, che nessuno avrebbe il coraggio di definire reali."

"..."

"Bisogna decidere di... avere coraggio."

"Per fare cosa?"

"Per guardare negli occhi il Male."

"..."

"Solo in pochi hanno il privilegio, o la sfortuna, di poterlo fare."

"E perché io dovrei essere uno di questi?"

"È il motivo per cui l'ho seguita dal momento in cui ci siamo incontrati la prima volta a Highgate. Ho sentito qualcosa di molto forte allora. Mi è successo raramente, nella mia esistenza pur piena di incontri stravaganti. Penso che lei abbia un dono. E penso che si stia muovendo su una linea sottile. Sta a lei decidere se provare a cancellare tutto dalla sua memoria oppure scegliere di attraversare quella linea."

"E attraversarla cosa comporta?"

"Un grande potere, probabilmente. Una grande responsabilità, sicuramente."

Non sapevo come reagire a quello che Van Helsing mi stava dicendo. Se prima speravo che quell'incontro mi avrebbe consentito di farmi largo nelle nebbie di quegli ultimi giorni, adesso mi pareva che le nebbie si stessero infittendo. Ma la sua quieta determinazione nell'affrontare quegli argomenti, direi perfino la sua serenità, inaspettatamente mi tranquillizzarono.

"Lei sa che conosciamo ancora troppo poco del potere della nostra mente. E di come l'inspiegabilità di certi eventi potrebbe non trovare risposta con il metro di giudizio della ragione, della razionalità. Io non le sto dicendo che tutto è possibile e che non esistono limiti, dico soltanto che quei limiti non sappiamo esattamente dove siano."

" E cosa mi consiglia di fare?"

"Deve avere coraggio, deve avere fiducia."

"E poi?"

"Deve aprire le porte e andare fino in fondo a questa storia."

"Le porte?"

"Quelle che le consentono di entrare in quel mondo, di attraversarne le pareti."

"E quali sarebbero?"

"Una è quella ragazza."

"Lilith?"

"È il suo talento, mettere i mondi in comunicazione, non deve temere per lei. È il suo dono."

"E l'altra porta qual è?"

Van Helsing non disse nulla, fece scorrere sul piano dello scrittoio una scatolina di metallo. Dentro la scatola c'erano, disposte una sull'altra, le foglie della pianta che coltivava a Highgate.

Sul coperchio erano incisi i caratteri che componevano il suo nome: *Salvia divinorum.*

Tutto stava cambiando. In pochi giorni, tutto stava prendendo una forma diversa.

Le parole del pastore mi avevano indicato una strada, ma era un sentiero avvolto nella nebbia. Sentivo però che dovevo agire. Non avrebbe avuto senso far finta che tutto quello che era accaduto non fosse mai successo.

Rientrai a casa nel pomeriggio, preparai un tè e andai nel mio studio. Portai con me alcuni volumi e mi misi al lavoro. Van Helsing mi aveva detto una cosa prima di lasciarci: *il segreto per affrontare l'impossibile è pensarlo come possibile.* Bisognava ribaltare i piani, concedersi la chance, varcare il confine dell'immaginazione e andare incontro al pericolo. Da lì in poi avere la mente fredda, ragionare, considerare tutto vero e presente. Ed essere rapidi.

"Un giorno forse avrò modo di raccontarle del mio passato, quello che ho visto, chi ho dovuto combattere. Le basti sapere, Palamides, che ho attraversato un momento molto simile al suo, tanti anni fa. E mi sentivo sull'orlo della pazzia."

"E come ha fatto a uscirne?"

"La risposta è insieme semplice e complicata: ho deciso di non uscirne."

Raccolsi i volumi di Stevenson, in cima a tutti *Lo strano caso del Dottor Jekyll e Mister Hyde*. Cominciai a rileggere il libro, a cercare qualcosa che somigliasse a una chiave. Ricostruire il profilo psicologico del mostro, essere pronto ad anticipare le sue mosse, preparare il mio cervello, e il mio corpo, a quell'impresa folle. Provai un brivido ritrovando nelle pagine del romanzo i tratti dell'uomo che avevo incontrato, ma anche una strana, indefinibile euforia che fluiva attraverso i nervi sottili, sottopelle, e mi ubriacava. Van Helsing mi aveva messo in guardia sui rischi di un'impresa del genere. Quello a cui andavo incontro, se avessi deciso di agire, poteva intrappolarmi per sempre. Bisognava fare un salto, accettare l'inaccettabile, e da lì in poi tirare dritto verso la meta.

Lessi tutta la notte, presi appunti e studiai ogni singolo dettaglio. All'alba mi addormentai, sfinito.

La mattina dopo ripresi di buona lena, il mio corpo e la mia testa chiedevano azione, movimento, idee. Chadwick mi aveva avvertito che quel giorno non sarebbe venuto a lavorare, era meglio così, sarei stato libero di muovermi. Avevo programmato tutto proprio per quella sera.

Nel pomeriggio andai comunque in palestra, dovevo dare sfogo a tutta quella adrenalina che avevo in corpo. Mi allenai intensamente, flessioni, piegamenti, tutte le combinazioni al sacco. Murphy mi osservava dal ballatoio del suo ufficio, fissandomi, come se avvertisse un allarme. Feci i guanti sul ring con un ragazzo nero che non conoscevo, molto più rapido e più forte di me. Fu utile stancarsi, anche prendere qualche cazzotto. Prima di uscire dalla palestra mi guardai indietro, se le cose non fossero andate per il verso giusto, for-

se non avrei più rivisto quel posto. Non avrei rivisto Francis, Murphy. Non avrei rivisto Chadwick. Non avrei rivisto Berenice.

Alle sei cenai in cucina, bevvi un bicchiere di vino e tornai nel mio studio. Fuori si era fatto buio, stava piovendo, ancora una volta mi parve che i rumori della città stessero sfumando in un silenzio desertico, innaturale. Mi sedetti sulla poltrona, accanto a me, sul tavolino, la scatolina di metallo che mi aveva dato Van Helsing, avevo deciso che se davvero avessi dovuto fare quel viaggio, lo avrei fatto da solo. Non volevo che Lilith corresse alcun rischio per le mie decisioni. Sarei andato a cercare quell'uomo, ovunque si trovasse, nel sogno di un sogno, o in una casa di un secolo prima. E una volta lì, lo avrei affrontato. Avrei disinnescato la bomba, lo avrei convinto. L'orizzonte sembrò diradarsi, tutto mi apparve più chiaro, più facile, più lineare.

Aprii la scatola e presi una foglia, ne annusai il profumo, la guardai. La forma ovale lanceolata, i margini dentellati, la superficie, ruvida e setosa insieme. Era una foglia bella, alla luce chiara del lume. Una semplice foglia.

Dopo una piccola esitazione, la misi in bocca, e poi un altro paio, e cominciai a masticare. Come la volta precedente, all'inizio non provai nulla di particolare, mi sentivo padrone di me stesso. Ogni fibra dei miei muscoli sembrava caricarsi di energia, i miei pensieri erano rapidi, lucidi, precisi. Ebbi la netta percezione che tutto sarebbe andato per il verso giusto. Rimasi a concentrarmi per prepararmi al viaggio.

Poi, nel silenzio solido di quella casa, il telefono squillò.

Sentii la terra tremare, sembrava che qualcosa crollasse, sotto le fondamenta. Un crollo lontano dei mondi.

Mi alzai e andai a rispondere. Tutto oscillava appena. La porta di cui parlava Van Helsing si stava aprendo.

Sollevai la cornetta, dall'altra parte una voce che non conoscevo.

"Dottore."

Udii un lungo respiro, come un rantolo.

"Finalmente ci parliamo, tu e io."

"Chi sei?" domandai.

"Non essere scortese... dottore. Non mi piacciono le persone scortesi. In fondo... sei stato tu a cercarmi, o sbaglio?"

Respirai profondamente, sentivo un formicolio su tutto il corpo.

"Dimmi che cosa vuoi."

"Non avere fretta, dottore. Come diceva quel tale... chi non ha calma deve aver paura, e tu non vuoi avere paura, giusto?"

Fu come un vento sinistro e fioco che arrivava dall'inferno. Le luci dei lampadari diminuirono d'intensità, tremando. Il rantolo, dall'altra parte, si fece più affannoso. Inspirai profondamente, la mia voce sembrò dilatarsi, come se risuonasse oltre il mio corpo.

"Ti ascolto, di cosa vuoi parlare?"

"Così mi piaci, dottore. Sei collaborativo. Non come quel tizio, poco fa. Un signore elegante, non posso negarlo, di bell'aspetto, nonostante l'età, questo gli va riconosciuto..."

"Cosa gli hai fatto?!"

"Mi sono messo davanti a lui. Cosa ci faceva in quel vicolo? Detesto quelli che vanno dove non devono andare. Ognuno deve prendere la sua strada, giusto?"

"..."

"E così mi ha guardato e il suo viso si è irrigidito, ha detto qualcosa. Ha protestato. Hai capito, dottore? Ha protestato. Questo mi fa molto arrabbiare. La gente che protesta. E se mi arrabbio divento nervoso. E quando divento nervoso... devo sfogarmi. Hai presente, dottore?"

"Cosa hai fatto?"

"Mi sono sfogato, appunto. Gli ho dato una lezione."

"..."

"Gli ho fatto male... con le mani, col bastone. Tante volte. E lui ha cominciato a implorare, come tutti gli altri. Che fine ha fatto la sua dignità?!"

"..."

"Non sopportavo quella voce implorante. Ho dovuto colpirlo ancora, calpestarlo. Fino a che le sue ossa non hanno scricchiolato sotto i miei piedi, e il sangue ha cominciato a inzuppare quel suo vestito elegante..."

"..."

"E il suo corpo... ha cominciato a rimbalzare sulla strada... come un pupazzo."

"..."

"Non mi piacciono gli uomini senza dignità. Non mi piacciono quelli che non collaborano. Le ragazze, per esempio, non collaborano mai."

Deglutii e restai in ascolto. Dovevo assecondarlo.

"Cosa fanno le ragazze?"

"Dottore, dovresti saperlo... hanno quegli occhi... Quando mi guardano hanno quegli occhi. Io lo capisco che mi disprezzano, da come mi guardano. Anzi... all'inizio mi disprezzano, poi vedo il terrore che si dipinge sui loro bei visi di porcellana. E poi mi implorano. Con quegli occhi sbarrati e supplichevoli."

"E poi?"

"E poi cominciano a strillare. E io sono... costretto a farle stare zitte. Non mi piace sentire quelle voci stridule."

"Lo capisco..."

"Lo so che mi capisci bene, dottore."

"..."

"Questa però è diversa."

"Chi?"

"Non mi guarda con gli occhi sbarrati."

"Chi?"

"Non si spaventa. È impassibile..."

"CHI?!"

"Non parla. E questa è una novità, devo dargliene atto. Sembra perfino non accorgersi di me. Non so come comportarmi. Per questo pensavo che tu magari... puoi darmi una mano, dottore."

"..."

"Dopotutto è una tua amica."

"..."

"È lei che mi ha portato da te."

"..."

"È lei che ti ha portato da me."

"Dimmi dove sei."

La luce della dinamo segnava lo spazio di luminescenze istantanee, la strada era immersa nell'oscurità. Scivolosa, per via della pioggia, che nel frattempo era caduta copiosamente e aveva reso fangoso il selciato.

Ero sdoppiato, in quel presente senza tempo, Londra era una città sconosciuta. Da un lato avvertivo quel senso forte di allarme, di urgenza, dall'altro ero immerso in una sospensione dei pensieri, che rallentava tutto, rimescolando le immagini del presente ai ricordi di una vita intera.

Mentre pedalavo pensavo a Lilith, legata e imbavagliata, e di fronte a lei la sagoma del suo aguzzino. Il mostro prima o poi avrebbe colpito, e il gioco crudele che aveva architettato avrebbe avuto il suo naturale, tragico, epilogo.

Le strade scavavano il percorso nel buio compatto della coscienza, non c'erano luci dentro le case, non c'erano uomini e donne in quel paesaggio desolato.

Arrivai a destinazione e lasciai la bicicletta contro l'inferriata. Oltre la recinzione si disegnava la sagoma di un edificio imponente, che il chiarore dei lampi ritagliava nitido nello scenario notturno. Mi parve vagamente familiare, aprii il

cancello e cominciai a percorrere il viale. Le scarpe affondavano nel terreno melmoso e si incollavano al suolo. Ripensai alle ultime parole che mi aveva detto l'uomo, prima di riattaccare: *ci vediamo dove forse avremmo potuto incontrarci, in un'altra vita.* Mi ero appuntato l'indirizzo, avevo infilato l'impermeabile e mi ero precipitato fuori.

Mentre percorrevo il viale, avvertii di nuovo quella sensazione, come un risucchio nell'anima, che avevo provato aprendo la porta di casa. Sentii uno scatto, dentro di me. Qualcosa che dava accesso a qualcos'altro. Nei recessi più segreti della coscienza c'era una specie di labirinto, cunicoli in cui entrare e in cui perdersi. Man mano che procedevo avvertivo una sensazione potente, una specie di fluido mi stava invadendo, potevo sentirne il passaggio, nei muscoli, nelle ossa, fin dentro gli organi. Era una sensazione primitiva, come il riappropriarsi di una parte di sé.

Arrivai davanti all'ingresso, il portone era sormontato da una scritta sghemba, in caratteri di lamiera arrugginita: *Bethlem Royal Hospital.* Quel fluido penetrò ancora più in profondità, nel petto, nello stomaco, nel cuore. Conoscevo benissimo il nome di quell'ospedale, ma non riconoscevo il luogo.

Spinsi il pesante portone di legno ed entrai.

Il vasto androne era immerso nella penombra, più avanti un ampio corridoio, lunghissimo, segnato dalla luce livida che proveniva dalle finestre che ne scandivano il percorso. Fui invaso da quell'odore, che in parte conoscevo, ma che sembrava moltiplicarsi nei sensi fino a diventare insopportabile, polvere, ruggine, disinfettanti, umori di corpi disfatti e malati. Mi guardai intorno: non c'era nessuno. *Cerca l'ultima porta, quella che riconoscerai.*

Cominciai a camminare, le scarpe lasciavano impronte di fango, come le tracce di un animale perso nella neve. Tra

una porta e l'altra, lungo il percorso, una sequenza di fotografie incorniciate con accanto una didascalia: *Elisa Davies, ricoverata per mania acuta e deliri*; *Thomas Patel, colpevole di brutalità e omicidio*; *Hannah Wright, ricoverata per malattia cronica e melanconia*. Le immagini erano quelle di pazienti, uomini e donne, provati dalla malattia o dalle feroci conseguenze delle cure sperimentali. Provavo una profonda tristezza, mentre proseguivo il percorso, un dolore che si insinuava nelle arterie e una specie di senso di colpa, di frustrazione, di impotenza, dinanzi agli sguardi assenti di quei volti senza vita. In lontananza una voce flebile sembrava emettere sempre lo stesso suono.

Mi affrettai. Dovevo raggiungere quella stanza, il più presto possibile. Il corridoio sembrava non finire mai, entrava in un altro corridoio e in un altro ancora. Dalle camerate arrivavano suoni attutiti, di presenze inquiete, voci, lamenti e talvolta il rumore stridulo di un macchinario. Strumenti dissonanti di un'orchestra senza direttore. Mi affacciai nelle stanze, dove le porte socchiuse lasciavano intravedere l'interno, ma non c'era nessuno.

Poi la vidi. L'ultima porta. La riconobbi.

Sul battente c'era un disegno. I tratti elementari di un carboncino. Un bambino teneva per mano un uomo dalle sembianze inquietanti, minacciose, dentro il riquadro di una casa vuota.

Era il mio disegno.

Avevo la bocca secca, inaridita. Ma dovevo aprire quella porta.

La stanza era enorme. Decine di letti di ferro verniciati di bianco, senza coperte, senza lenzuola. I materassi sudici eruttavano oscene escrescenze di lanugine e paglia. In fondo, sotto la luce di una lampada, una grande vasca di cemento rimandava i riflessi mobili dell'acqua su un pesante tendag-

gio bordeaux. Di spalle, un uomo armeggiava accanto a un macchinario che emetteva un ronzio costante. Poco distante uno specchio. Lilith non c'era.

Sentii una vampata di fuoco sul viso, un impulso che dovevo riuscire a dominare per non compromettere tutto.

"Benvenuto..."

La voce roca, gutturale, arrivò da quel corpo storto percorso da piccoli fremiti, sembravano disunire gli arti in una composizione innaturale. Si voltò verso di me.

"Vieni avanti, dottore. Ti stavo aspettando."

Sentii ancora una volta quella vibrazione, una scossa che fece tremare il pavimento. Un suono mugghiante e prolungato, come il ringhio sordo di un gigantesco predatore notturno. Mi avvicinai con cautela, provando a sgombrare la mente. Dovevo essere lucido, mi dicevo, dovevo ragionare.

"Dov'è la ragazza?"

"Dottore, non essere impulsivo. Bisogna imparare a dominarli... gli impulsi, dovresti saperlo."

"Ho fatto quello che mi hai chiesto. Sono venuto qui, da te. Adesso puoi lasciarla andare."

L'uomo mi fece cenno di avvicinarmi e indicò una poltroncina.

"Ogni cosa a suo tempo, dottore. Siediti."

Lo guardai meglio, ormai non aveva più nulla dell'uomo che avevo incontrato.

I lineamenti erano deformati in una smorfia che sembrava estendersi all'intera figura. La barba incolta cresceva a chiazze su quel viso scimmiesco, i capelli corvini piovevano giù, come le serpi di una gorgone, lunghi e in disordine. Gli abiti sembravano fuori misura, ai piedi portava le stesse scarpe che avevano attirato la prima volta la mia attenzione, così fuori posto sotto il vestito elegante dell'uomo che era venuto nel mio studio. Erano piene di fango, come le mie.

"Siediti."

Mi sedetti, lentamente. Lui fece lo stesso, di fronte a me. Gli occhi, fissi sui miei, fiammeggiavano di una luce infernale.

"Sei contento di vedermi... finalmente, dottore?"

Cominciò a ridere, spaventosamente. Poi prese a grattarsi una gamba, un movimento veloce, compulsivo. Le mani erano quasi interamente coperte di peli, come quelle di uno scimpanzé, le unghie erano lunghe e sudicie. Mi guardò e smise di colpo, in quel viso deforme comparve nuovamente un ghigno.

"Provi ripugnanza, guardandomi, lo so. Succede a tutti. Eppure, pensa, io non ne provo alcuna, mi sento bene."

"..."

"Non ho nulla di cui vergognarmi, dottore. Sono libero. Avevo ben altro di cui vergognarmi, prima."

"Di cosa ti vergognavi?"

"Ma guarda, sei davvero interessato a me? Ne sono lusingato."

"Sono interessato, sì."

Avevo tutti i sensi in allerta. Volevo farlo parlare. Volevo prendere tempo.

"In fondo siamo qui per questo, tu e io. No?"

"Esatto, dottore. Esatto."

Si passò la mano nodosa sul viso, la mandibola fece uno scatto, come per riassestarsi dopo essere uscita dalla sua posizione consueta.

"Mi vergognavo di nascosto, nel corso della mia vita virtuosa. Quell'altra. Tutto dedito allo studio, alla disciplina; la parte malvagia della mia natura sembrava non esistere, soffocata da una bontà splendente. Ma nel profondo dell'anima non era così. La mia anima era una menzogna. Il mio corpo naturale era una menzogna. Un secondo aspetto viveva nell'ombra, desideroso di prendere forma."

Mentre parlava mi sentivo sospeso, presente e assente, come succede nei sogni, come se due forme di me si muovessero in parallelo. Una seguiva il racconto, l'altra spostava la sua attenzione, viaggiando nello spazio che c'era intorno, alla ricerca di qualcosa, un dettaglio, una forma, un segnale.

"La prima volta che fui capace di scindere le mie due nature, e subii la prima, dolorosa, trasformazione, conobbi l'aspetto dell'altro me, incrociando quasi per caso la mia immagine in uno specchio. Proprio quello specchio che vedi lì, dottore."

"E cosa hai visto?"

"La parte malvagia della mia natura allora era ancora poco sviluppata, e così il mio corpo, che di fatto era più piccolo dell'altro, più acerbo, più giovane. Bisognava dargli tempo. Bisognava lasciarlo crescere. La malvagità aveva impresso una deformità esteriore che avrebbe dovuto rendere quell'immagine riflessa uno spettacolo disturbante. Ma la mia sorpresa fu che non provai paura, né ripugnanza, anzi… avvertii un fremito di piacere, una soddisfazione. Per la prima volta nella mia vita la mia forma, il mio corpo mi parevano vivi, immediati, sinceri. Ne avevo il pieno controllo. L'esatto opposto di quello che accadeva all'essere imperfetto che fino ad allora avevo chiamato *io*."

"…"

"Gli uomini sono un miscuglio di bene e male, dottore, sono esseri impuri, contaminati, deformi nell'anima. Quella volta capii che, assumendo le sembianze del mostro, potevo finalmente essere vero, in una perfetta congiunzione di corpo e anima. Puro. Sarei diventato puro male."

Rimase in silenzio per qualche istante, mi parve di avvertire un lamento sommesso provenire da qualche parte. Pensai a Lilith, e sentii nuovamente quell'impulso violento, ma continuai ad assecondarlo.

"Quindi, se capisco bene, fare a meno della bontà, e della

sua splendente forma esteriore, rende liberi di pensare senza costrizioni. È corretto?"

"Non solo liberi di pensare, dottore, di essere, di agire. Io sono libero di agire, finalmente. A differenza di te."

"Pensi che io non lo sia?"

"Ne sono sicuro."

Continuò il suo racconto. Assumere la pozione che aveva creato, mi disse, lo costringeva alla ripetuta agonia della trasformazione, dell'andare e venire dalle sue forme esteriori. Ma il proposito iniziale per cui aveva cominciato gli esperimenti, neutralizzare cioè la parte malvagia di sé per aderire in tutto al suo aspetto virtuoso, fu presto messo in crisi.

"Col passare del tempo mi resi conto che il mio essere cattivo, quello imprigionato da sempre, restava netto, autentico, mentre l'altra parte di me era un miscuglio incongruo. E così non riuscii più a dominare la tentazione di abbandonare i panni dello stimato professore e assumere quegli altri, che mi consentivano di muovermi in assoluta libertà. Potevo finalmente fare quello che volevo."

"Quindi anche delinquere."

"Soprattutto delinquere, dottore. Potevo commettere delitti senza provare alcun rimorso. E lo facevo per il mio solo, esclusivo piacere. Quell'uomo che camminava per il mondo con l'aureola della rispettabilità non vedeva l'ora di tornare a casa e bere quella pozione per buttarsi a capofitto nel mare dell'arbitrio, alla caccia della pura perversa soddisfazione."

Notai che il suo viso aveva delle contrazioni, di tanto in tanto, e i lineamenti sembravano per pochi attimi scomporsi. Come le opere di certi artisti cubisti. Come il viso di quell'uomo misterioso che compariva nel mio disegno di bambino.

"Perché hai voluto parlarmi?"

Mi guardò, e in fondo a quello sguardo diabolico mi parve di intravedere una piccola crepa. Un flebile segnale di sofferenza, di pentimento. Ma durò un attimo.

"Il malvagio chiede di cibarsi, sempre di più. Il male deve essere nutrito. Avevo bisogno di nuovi stimoli. Di nuovi appetiti. E poi... quella ragazza... mi ha sfidato."

Sentii le pulsazioni salire, un calore intenso attraversarmi il corpo.

"Sembra non avere paura di me. E questo non va bene. Non va affatto bene, contraddice tutte le regole."

"Quali regole?"

"Quando mi guarda... non mi guarda con disprezzo. Così mi toglie il gusto di agire."

"Allora non agire."

"Troppo facile."

"E quindi?"

"E quindi entri in scena tu, dottore."

"In che modo?"

"La tua paura non la sua... sarà il mio cibo."

"Io non ho paura di te."

"Ne sei proprio certo?"

Si alzò agilmente e andò verso la parete di fondo, mi guardò un istante, poi tirò i cordoni del pesante tendaggio. La tenda cominciò ad aprirsi. Come un sipario. Quello che vidi mi fece rabbrividire.

Lilith era legata a una sedia, una specie di trono di ferro arrugginito al centro di una piattaforma sopraelevata, quasi un palcoscenico. Il corpo era fissato alla struttura con delle cinghie, sul torace, sulla pancia e sulle gambe. Il viso era libero, gli occhi erano chiusi.

"Cosa le hai fatto?"

Mi alzai di scatto. Ma lui mi fermò.

"Attento, dottore, un passo ancora potrebbe esserle fatale."

Mi indicò un sistema di cavi che andavano dall'apparecchio sul quale armeggiava poco prima alla sedia e dalla sedia,

con un rudimentale sistema di carrucole, alla vasca. Pendevano a una ventina di centimetri dal pelo dell'acqua.

"La ragazza dorme, tranquilla. Tra poco aprirò un rubinetto e l'acqua comincerà a scorrere. L'acqua, come sai, è un magnifico conduttore di elettricità. Se le cose non vanno come devono, l'acqua continuerà a salire e raggiungerà i cavi. La tua giovane amica sarà percorsa da potenti scariche di corrente, in grado di abbattere un toro. Comincerà a saltare… gioiosamente. Friggerà come una rana."

Rimasi fermo, in piedi, a un paio di metri da quella folle messa in scena.

"Cosa vuoi da me?"

"Voglio giocare."

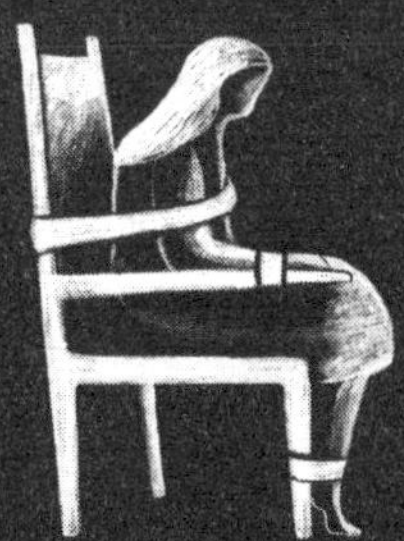

Adesso è come se tutto si svolgesse davanti a miei occhi e poi svanisse. I mostri che ho incontrato nella mia vita, *i Cattivi*, sono stati sempre con me. Non se ne sono mai andati. Per decenni ho indagato i misteri dell'incubo fino a padroneggiare le pratiche degli sciamani, la capacità soprannaturale di attraversare i sogni. Di aprire le porte dei sogni dentro i sogni.

È stata la chiave per accedere ad altri mondi ed esplorare i meandri tortuosi delle coscienze, per entrare nel bacino cupo e profondo dell'inconscio, dove tutto è inconfessabile.

E adesso sono qui, da solo, pieno di angoscia nell'anima, in questo teatro dei mostri, con l'unica certezza di allora.

Sono qui per salvarti, Lilith. Sono qui per provare a salvarmi.

Dai cilindri di un fonografo cominciò a suonare l'aria di un'opera. Riconobbi la musica, ma era come se il suono fosse corrotto, le voci che si diffondevano in quell'ambiente quasi buio erano dissonanti, sinistre. L'uomo si tolse la giacca, il panciotto evidenziava i tratti deformi del busto, la colonna

vertebrale pareva disarticolata. Poi si arrotolò le maniche della camicia, da cui spuntarono le braccia pelose di una scimmia, e si accostò alla vasca, fece ruotare la manopola del rubinetto. Poco dopo l'acqua cominciò a scorrere. Sentii pulsare il cuore sulle tempie, la tensione crescere.

Venne verso di me, gli occhi, cerchiati di rosso, spaventosi, erano infossati in una maschera grottesca. Mi mostrò una camicia di forza. Quella usata per contenere certi malati di schizofrenia. La stessa che usavo nei miei numeri al seguito di Houdini.

"Mi hanno detto che sei capace di liberarti di questa. Indossala. Se non lo fai in fretta, lei... muore."

Arrivò quasi a un palmo dal mio viso, il fiato pestilenziale si levava dalla sua bocca, nei vapori mefitici di un corpo in decomposizione. Sorrise in una smorfia oscena, scoprendo i denti ingialliti e irregolari. Restammo a guardarci. Lui, abbeverandosi del piacere che i miei occhi allarmati dovevano dargli, io, provando a resistere a quello sguardo, al sentore putrido del suo corpo, immaginando una possibile via d'uscita. Presi la camicia e la indossai, lasciai che lui fissasse le cinghie e le stringhe: dovevo portare via Lilith da quell'incubo.

"Se prima che l'acqua raggiunga i cavi riuscirai a liberarti, e risponderai in maniera soddisfacente alle mie domande, potrai liberare la ragazza. Diversamente..."

Avvicinò la mano al mio viso, il dito nodoso. Fece scorrere il polpastrello ruvido sulla mia guancia. Era come se il mostro volesse sentire, comunicare qualcosa con il tatto, come fanno i primati. Io dominai ogni impulso, mi resi solo conto di quanto fossero potenti i suoi arti.

"Perché mi hai cercato... dottore?"

Guardai Lilith: aveva ancora gli occhi chiusi, sembrava serena. I pensieri rimbalzavano nella mia testa, mentre le mie mani e il busto cominciavano a lavorare.

"Non ti ho cercato."
"No?"
"Sei stato tu a cercare me."
"Ne sei sicuro?"
"Sì... è stato solo un caso."
"No, dottore. Mi deludi, non è una risposta soddisfacente."
Si grattò il viso, muovendone i lineamenti, compulsivamente, come se la pelle e la carne fossero staccati dal cranio.
"Proviamo un'altra volta. Te lo ripeto: perché mi hai cercato? Il tempo sta scadendo."
Dovevo inventarmi qualcosa, dovevo distrarlo. Dovevo parlare, maledizione.
"Perché..."
La paura arrivò. La sentivo sulla pelle, propagarsi rapidamente. Il tempo correre e il terrore avanzare. Come nella Trappola Mortale, quella sera maledetta, con Annabelle. Non avevo parole, la mia bocca era secca, arida, un deserto di respiri e parole secche, senza voce.
"Perché... ti cerco... da sempre."
Non so perché lo dissi. Forse solo per prendere tempo, rispondendo a un impulso che io stesso non conoscevo. Lui mi guardò, non sorrideva più.
"Spiegati meglio."
Il mio braccio destro era libero. Il cervello lavorava come una macchina al massimo dei giri. Mi venne in mente il disegno sulla porta. Ecco, sì. Gli dissi che sin da quando avevo fatto quel disegno, da bambino, in qualche modo lo stavo cercando. Era cominciata così. Avevo continuato a cercarlo per tutta la vita. Negli incubi, negli incontri casuali, nei volti delle persone che avevo incrociato per strada. Perfino nella voce dei pazienti. Lo stavo cercando da sempre. Ma era stato lui a trovare me.

"Quel disegno, quell'uomo nero che ho disegnato. Avevo quattro anni. Veniva a trovarmi nei sogni, mi faceva paura. Ma non sono sicuro che... sì, insomma che fosse un sogno."

Lui mi fissò. Sembrava finalmente interessato alle mie parole. Continuai.

"Parte tutto da lì, giusto? Dalle paure dell'infanzia, da quello che abbiamo visto, quello che abbiamo subìto. Tutta la vita, tutta la vita è una rincorsa. È una fuga, da quello che abbiamo subìto."

"..."

"Ma non riusciamo a farne a meno, allora avevo bisogno..."

"..."

"Credo di averne bisogno ancora adesso... ho bisogno di sapere che quell'uomo esiste..."

"..."

"... che tu esisti..."

"..."

"... che il Male esiste."

Non disse nulla, continuava a fissarmi. C'era qualcosa, adesso, nel suo sguardo. Come un richiamo lontanissimo, un urlo attutito che arrivava da un'altra vita. L'acqua continuava a scorrere, la musica suonava storta, crepitando. Nel frattempo avevo liberato anche il braccio sinistro. L'uomo si staccò da me e si avvicinò allo specchio, continuando a controllarmi, nell'immagine riflessa.

"Vai avanti, dottore."

Il suo volto, nella penombra, sembrava mosso da un'onda. Piccole convulsioni gli attraversavano il corpo.

"Alla fine credo che tu abbia ragione... sì, insomma quello che hai detto prima, quello che hai scritto nel tuo diario... avrei potuto scriverlo anche io..."

L'acqua continuava a salire nella vasca, ormai non avevo più tempo. Hyde non ci avrebbe lasciati andare. Dovevo agire.

"Abbiamo tutti una parte che si nasconde, che vorrebbe essere libera, di cui ci vergogniamo e io... ecco, forse io non ho avuto il tuo stesso coraggio. Forse..."

Il suo corpo fu scosso da un fremito intenso. Per un istante smise di guardarmi. I suoi occhi erano rivolti al suo volto riflesso, che stava mutando, riassumendo sembianze più umane. Fu un attimo.

Con uno scatto mi liberai dalla camicia e mi lanciai verso di lui. Lo afferrai per i fianchi e rotolammo per terra. Cominciammo a lottare, ferocemente. Provai a immobilizzarlo, ma lui sgusciò di lato, era ancora agile, forte. Lo colpii violentemente con un pugno e un altro ancora, e gli fui nuovamente addosso. Prese a dimenarsi e a urlare, come una belva inferocita, e mi percosse selvaggiamente a sua volta, agitando braccia e gambe, come poteva. Io rispondevo, con tutte le mie forze, colpendolo sui fianchi, sul petto, sul viso. Mi sentivo invaso da un'energia portentosa, insensata, mai provata prima, un furore esaltante. Poi mi diede un colpo forte sul volto, e io barcollai. La vista si annebbiò, il mondo cominciò a girare, ma incassai la botta e non mi fermai. Risposi con una ginocchiata sulle costole, le sentii scricchiolare, e poi il suo naso frantumarsi, mentre continuavo a colpirlo con una combinazione forsennata di pugni senza fermarmi, senza fermarmi, sempre più forte.

Sempre più forte.
Sempre più forte.
Fino a quando non cedette e mollò la presa.

Allora lo sollevai per il bavero, accecato ancora da una furia bestiale. Il suo volto tumefatto era una maschera di san-

gue, i lineamenti scomposti in una smorfia terribile, grottesca, che univa l'uomo alla bestia. Crollò di lato e perse conoscenza.

Restai così qualche secondo, poi lo allontanai da me, inorridito dalla mia stessa furia. E rivolsi il mio sguardo verso lo specchio di fronte a me. E per la prima volta, davvero, provai un terrore profondo, ancestrale.

Quello che vedevo non ero io, era il volto scimmiesco dell'uomo che avevo picchiato. Feci un salto indietro, disperato. Poi, come in trance, mi voltai verso Lilith. E con orrore mi accorsi che mi stava guardando. Aveva assistito a tutto. Aveva gli occhi sbarrati.

Vampate di un calore violento mi infiammarono il viso. Guardai la vasca, l'acqua stava per raggiungere il cavo elettrico.

Tutto parve rallentare, i suoni, i gesti, il respiro.

Mi alzai, barcollando, e mi mossi verso il rubinetto. Caddi sulle gambe molli, e mi rialzai, faticosamente. Ma era tardi.

Era troppo tardi.

Uno schiocco di luce azzurra lacerò il buio, il cavo si imbizzarrì come un fulmine, e la corrente cominciò a fluire rapida. In meno di un secondo raggiunse la sedia.

Il corpo di Lilith sobbalzò, percorso da un'onda.

Sentii la sua voce mutare, dentro il mio stesso corpo.

E io d'istinto mi lanciai su di lei, disperatamente, con tutto il mio peso.

Fu come essere investito da un camion.

La scarica elettrica ci sbalzò lontano.

La vidi accanto a me, svenuta, sul pavimento.

Poi divenne tutto buio.

Ero solo, nudo, senza forze.

Come se fossi morto, oppure mai nato.

Annaspavo, in quel mondo senza luce. Sotto di me un pantano denso e nero.

Il cielo, segnato dalle fruste elettriche dei fulmini, gravava col suo peso immane sullo scenario desolato. Nessun suono, nessuna voce.

Mi mossi cercando un appiglio, sentivo freddo. Un gelo artico penetrarmi le ossa.

E nel buio arrivarono quelle immagini confuse.

I volti, le braccia, le mani.

Gli occhi del mostro. Gli occhi della ragazza.

I miei occhi.

La Trappola Mortale.

E poi il corpo che muta, che inizia a tremare.

La mia voce. La sua voce.

Cominciai a piangere, a singhiozzare, come un bambino, perduto per sempre.

Con tutto il dolore del mondo che mi schiacciava.

Tutto il dolore del mondo.

Poi mi sentii scuotere. Una stretta sul braccio.
E finalmente aprii gli occhi.

Chadwick era seduto accanto a me, al lato del letto. Gli occhi spaventati, nonostante la flemma consueta. Mi chiese come mi sentissi, e io risposi farfugliando. Stavo bene, dissi, sì.

Ma mi faceva male tutto.

"Cosa… è successo?"

"Non lo so, signorino. L'ho trovata questa mattina nell'ingresso, svenuto. Ho chiamato il dottore e l'abbiamo portata qui, a letto."

Provai a sollevarmi, ma la testa mi girava, avevo tutti i muscoli doloranti.

"Il dottore ha riscontrato diversi lividi ed escoriazioni, ma non dovrebbe avere nulla di rotto. Le consiglia di riposare. Le preparo un tè?"

"Sì… grazie."

Si alzò e uscì dalla stanza, caracollando come una marionetta. E io mi guardai intorno.

La mia camera da letto, la luce del mattino, il lampadario, i microscopici fori prodotti dai tarli sulle travi del soffitto. Tutto sembrava normale, al suo posto. Provai nuovamente a tirarmi su, con cautela, avvertii una fitta fra le costole che mi tagliava il respiro. Poi riuscii a sedermi sul bordo del materasso. Mi guardai le mani, le maniche della camicia erano strappate, un livido enorme attraversava l'avambraccio sinistro. La mia immagine riflessa nella specchiera dell'armadio era quasi irriconoscibile, ma era la mia. Sopra l'occhio destro c'era un grosso ematoma, avevo il naso gonfio e i capelli incrostati di fango. La testa mi girava ancora.

Dopo qualche minuto Chadwick rientrò con un vassoio e lo mise sul comodino.

"Forse dovrebbe evitare di fare sforzi…"

"Sto bene..."

La sua espressione adesso pareva quasi di rimprovero.

"Ha bisogno di qualcos'altro?"

"No, grazie."

"Io sono di sotto. Se ha bisogno, mi chiami pure."

"Certo. Grazie, Chadwick."

Bevvi un sorso di tè, anche la mascella mi faceva male. Controllai le gengive, sanguinavano ancora. Provai a concentrarmi su quello che era accaduto, ma avevo solo ricordi confusi. Le immagini si inseguivano, una folla di immagini, precipitando in un vortice insensato. Mi alzai e raggiunsi il bagno, barcollando, poi mi spogliai e mi ficcai sotto la doccia.

Rimasi a lungo sotto il getto, tastando ogni punto dolente sulle spalle, sul costato, tra i capelli.

E lentamente il ricordo cominciò a comporsi, in quella innaturale sequenza di eventi. Rividi il salone immerso nella penombra, il sipario, il generatore elettrico, la vasca di cemento che rifletteva la luce della lampada sul soffitto. Risentii quell'odore penetrante, la musica che arrivava dal vecchio fonografo, il silenzio pietrificato che c'era intorno.

Vidi Lilith, assicurata con le cinghie alla sedia di ferro. E il mostro, a pochi centimetri dal mio viso. Poi tutto si confonde. I miei pensieri si aggrovigliano, come una pellicola che brucia e si contorce sullo schermo. Il combattimento, gli occhi sbarrati di Lilith, la scarica elettrica.

E poi la ragazza riversa per terra, a pochi centimetri da me. E io che mi accosto a lei, controllo il battito.

Avevamo subìto entrambi l'urto violento della corrente, ma eravamo vivi. Lanciandomi su di lei ero riuscito a sottrarla alle scariche ulteriori e, forse, a salvarla.

Ricordo che le accarezzai il viso, dormiva, era pallida, le labbra erano viola. La presi in braccio e la portai via da lì. Del mostro non c'era più traccia.

Poi tutto, nuovamente, si confonde. Rivedo solo il buio.

Nessuna immagine del percorso, la città di notte era una processione di anime perse, la casa di Lilith si sdoppia, come una fotografia sfocata. Non ricordo nulla di come avessi fatto a rientrare nella mia stessa casa.

Quando uscii dalla doccia sentivo ancora quel ronzio nelle orecchie e una pressione sul torace, sulle tempie. Andai a vestirmi e scesi di sotto, facendo un po' fatica. Volevo sentire Berenice, volevo sapere di Lilith, ma al telefono non rispose nessuno. Ero preoccupato, dovevo fare qualcosa.

Allora indossai il soprabito e dissi a Chadwick che sarei uscito per una passeggiata: avevo bisogno di prendere un po' d'aria, sarei rientrato per l'ora di pranzo.

Rimase sulla porta a guardarmi, fino a quando mi allontanai.

Fuori la luce mi parve accecante, quasi insostenibile allo sguardo, gli occhi mi bruciavano e avevo la nausea. Fermai un taxi e mi diressi a casa di Berenice. La città era tornata uguale a se stessa, il traffico delle automobili, lo smog, i negozi.

Arrivai venti minuti dopo. Portavo gli occhiali scuri, per coprire in parte l'occhio nero, pagai e uscii dalla vettura. Davanti alla porta dell'abitazione esitai per qualche istante, non sapevo cosa mi avrebbe atteso, e neanche cosa sarei stato in grado di raccontare. Poi suonai il campanello.

Suonai ancora, ma nessuno rispose. Provai a bussare alla porta dei vicini, ma non erano in casa. La testa mi girava ancora e facevo fatica a mettere a fuoco le cose, mi sentivo in balìa di quello stordimento. Cosa poteva essere successo?

Cercai una cabina telefonica e chiamai Mason. Rispose il domestico e mi disse che il professore non era in casa, la signorina Lilith era stata male, l'avevano ricoverata in ospedale, e lui era corso ad assisterla. Fu come uno schiaffo in pieno

viso, mi sembrò che le gambe cedessero all'improvviso, mi aggrappai all'apparecchio telefonico e restai fermo per un po', dentro la cabina. Non dissi più nulla e riattaccai.

Inspirai ed espirai profondamente, più volte, per calmarmi, per non crollare.

Poi uscii dalla cabina e fermai un altro taxi.

Mentre l'auto correva provai a mettere ordine nella fitta sequenza di eventi della sera prima, i ricordi sembravano comprimersi e dilatarsi, come le membrane di un mantice, la linea temporale si interrompeva e riprendeva il suo corso in un ritmo sincopato, aberrato. Ma alcune cose restavano mute e buie, avvolte nella coltre spessa della memoria.

Pensai anche che quello che era accaduto avrebbe potuto portarmi definitivamente oltre il confine della ragione. Forse ero già oltre quel confine.

Sullo specchio retrovisore un lampo di luce mi accecò per qualche secondo.

Quando arrivai dinanzi al portone dell'edificio, sentii il cuore pulsare sul collo. Sopra il portale giganteggiava un'insegna: *Bethlem Royal Hospital.* Ancora una volta la stessa scritta, ma quello non era lo stesso edificio in cui ero entrato la notte appena trascorsa. Sentivo il corpo dolorante, quella pressione sul torace, quel disagio dei sensi che rendeva i miei movimenti incerti, goffi come quelli di un vecchio.

Appena entrato, mi informai su dove fosse ricoverata la ragazza, mi sforzai di recuperare il controllo di me stesso. Nel tragitto tutti mi sfilavano accanto, medici e infermieri, alcuni pazienti che sembravano vagare smarriti per i corridoi. Quei corridoi somigliavano a quelli che avevo percorso poche ore prima, ma non erano gli stessi. Le voci, l'odore di disinfettante, i volti smarriti che guardavano altrove. Riconoscevo ogni cosa, ma tutto era differente.

Raggiunsi il reparto e incrociai un'infermiera che accompagnava un ragazzo con due vistose cicatrici sulle tempie. Mentre mi passavano accanto, avvertii quell'odore farsi più aspro, crudele, le mie narici dilatarsi nella percezione del dolore. Poi sparirono dietro una porta, il ragazzo aveva i piedi nudi, e faceva freddo.

Cominciai a cercare la stanza in cui era ricoverata Lilith. C'erano molti bambini, seduti o coricati sui letti, sembravano tranquilli, come certi animali addomesticati che devono eseguire stancamente un numero al circo. Alcuni parlavano da soli, altri scambiavano qualche parola col vicino, altri ancora sembravano persino sorridere, ma quel sorriso non metteva nessuna allegria. Provai una pena profonda, indicibile, per quell'infanzia reclusa, per i loro sguardi perduti, per il loro futuro pieno di insidie, di umiliazioni, di solitudine. Tutto turbinava nella mia testa, confondendosi.

Poi vidi Mason. Usciva da una di quelle porte, a qualche metro da me.

E capii che tutto era cambiato.

Quando si accorse della mia presenza, contrasse le mascelle e mi lanciò uno sguardo ostile. Poi mi venne incontro.

"Spero che avrà la decenza di non farsi vedere da Berenice."

"Cosa... sta succedendo?"

"E me lo chiede? Dovrebbe essere lei a dirmelo, dopo che ha ridotto in quelle condizioni mia nipote. Lilith è stata malissimo, e lei sa perfettamente perché."

"Io... non so..."

"Lei non sa... mi vergogno di lei, Palamides! Ha ingannato tutti, me e la mia famiglia. Ci siamo fidati di lei e lei ci ha tradito. Con quale coraggio si presenta qui, oggi?"

"Professore, io non ho ingannato nessuno, e questa sua ostilità è per me incomprensibile."

"Incomprensibile? Sono settimane che vede Lilith, tenendomi all'oscuro di tutto, e la sottopone a una terapia i cui risultati sono oggi sotto gli occhi di tutti. Se penso all'indegna commedia che ha inscenato a casa mia, fingendo di non conoscerla."

"Posso spiegarle..."

"Non deve più spiegarmi nulla."

In quel momento si affacciò sul corridoio Berenice e mi vide. E io ebbi un tuffo al cuore. Prima abbassò lo sguardo, poi tornò a guardarmi e si avvicinò. Mason le corse incontro.

"Berenice, tesoro, lascia che me la veda io con questo signore."

"Ti prego, zio Reece, posso cavarmela da sola. Puoi lasciarci soli?"

L'uomo mi fissò ancora, ma non disse altro. Si allontanò e rientrò nella camera.

Berenice aveva gli occhi segnati da occhiaie profonde, il volto era stanco, quasi rassegnato. Le labbra erano secche, disidratate. Ero sconvolto, non riuscivo a mettere a fuoco quello che stava accadendo.

"Berenice..."

Mi fermò con un gesto, poi fece cenno di seguirla. Raggiungemmo una panchina di metallo poco distante, di fronte a noi un'immagine incorniciata che ritraeva san Giorgio che lotta con il drago. Ci sedemmo. Attese un po', prima di parlare.

"Leonardo."

"..."

"Le cose non sono andate come speravo... come speravamo..."

"Cosa è successo a Lilith?"

"Non lo so. Ieri era sparita, sono uscita a cercarla. Quando sono rientrata l'ho ritrovata nella sua camera. Dormiva. Poi è stata male, molto male, questa mattina ha avuto un'al-

tra di quelle crisi, ma ancora più forte. Ha cominciato a tremare in preda a terribili convulsioni."

"Perché non mi hai chiamato?"

"Stavo per farlo... davvero, avrei voluto farlo, ma... poi... ho pensato... io penso che... sì insomma..."

"Ti prego, spiegami."

"Lilith non stava bene, negli ultimi giorni sempre peggio. È successo di nuovo, la crisi... ed è successo dopo averti incontrato. Lilith mi ha detto che è venuta da te di nascosto l'altro giorno... avresti dovuto dirmelo."

"Hai ragione, avrei dovuto, ma lei... Sì, insomma non volevo tradire la sua fiducia."

"Hai tradito la mia."

Abbassai lo sguardo. Lei riprese a parlare.

"Io credo che la terapia... questo rapporto con te, sì, insomma tutto questo... non credo che le faccia bene. All'inizio mi ero illusa che... ma no, non le fa bene. Mi dispiace."

"..."

"Ecco perché non ti ho chiamato."

"Berenice..."

"Ho chiamato lo zio Reece. L'abbiamo portata qui stamattina, e sai quanto non volessi rivedere questo luogo. Sono stata costretta a farlo."

"Come sta?"

"L'hanno sedata, e lentamente si è calmata. Ora dorme."

"Berenice, la terapia non c'entra, io..."

"Sono sicura che tu hai provato ad agire per il suo bene, ma oggi non sono più sicura che questa sia la strada giusta. Questa è la verità. Quello che mi lega a te... quello che mi ha legato a te non può e non deve farmi dimenticare che la mia priorità è Lilith. Voglio che lei stia bene. Resterà qui alcuni giorni, per alcuni accertamenti, e poi deciderò il da farsi. Ma intanto credo sia giusto fermarsi."

Rimanemmo in silenzio, sentivo il contatto freddo della seduta di metallo gelarmi le gambe attraverso il tessuto dei pantaloni. Gli occhi continuavano a bruciarmi, mi sembrava di essere dentro un brutto sogno. Poi Berenice mi disse che aveva raccontato tutto a suo zio, della terapia, dei nostri incontri. E lui l'aveva presa molto male.

Quando avrebbero dimesso Lilith, sarebbero partite per il cottage di famiglia, stare lontane da Londra avrebbe fatto bene a entrambe. Me lo disse con una voce calma, quasi innaturale, aveva gli occhi lucidi, ma non pianse. La vedevo allontanarsi da me. Era già lontana.

Mi sentii annientato, senza più forze, improvvisamente espulso dalla sua vita e proiettato in uno spazio deserto, remoto. Tutto si sgretolava, intorno a me. Tutto finiva.

Le chiesi se potessi vedere Lilith, anche solo per un istante.

"Vorrei soltanto vederla."

Esitò qualche istante, poi mi disse di seguirla. Ricordo ogni passo di quel breve percorso, come la distanza di un condannato, verso il patibolo. Sulla porta incrociai di nuovo gli occhi di Mason, aveva il cravattino slacciato, i capelli in disordine. Uscì dalla stanza e ci lasciò entrare.

Lilith dormiva su un letto di metallo, verniciato di bianco. Uno di quelli che avevo visto tante volte, ne avevo visti anche la notte appena trascorsa. Il volto sembrava sereno, però, respirava con regolarità.

Mi avvicinai e rimasi in silenzio. Provai a parlarle senza parlare, come avevamo già fatto. O come credevo che avessimo fatto. Ma non rispose. Cercai di leggere qualcosa sul suo viso, una traccia che potesse riportarmi a quanto era accaduto, a quello che avevo visto, che lei aveva visto, qualche ora prima. Ma non trovai nulla, vidi solo il viso di una ragazza. Che dormiva.

Quando uscii dall'ospedale ebbi la sensazione che qualcosa dentro di me fosse rotto, irrimediabilmente, una crepa aveva segnato la mia vita, compromettendo ogni certezza, incrinando la struttura del pensiero, la ragionevolezza, il senso stesso dello stare al mondo. Mi sembrò di non poter più vivere come una persona normale.

Adesso chi ero? Cosa ero diventato? Mi sentivo invisibile, in mezzo al rumore della città.

Non avevo risposte. Non avevo le forze per immaginare delle giornate normali. Come avrebbero potuto esserlo, temendo che una insensata follia potesse fare irruzione e devastarle?

Avevo la testa piena di domande senza risposta. Giravano veloci, come i cavalli di una giostra, sempre più veloci, fino a diventare un flusso indistinto di colori e di luce.

Cosa era davvero successo la notte precedente? Dov'era la verità?

Quando rientrai in casa, Chadwick era seduto ad attendermi nell'ingresso. Mi sembrò vecchio e stanco, forse per la prima volta. Aveva gli occhi tristi.

Gli dissi che non avevo fame, ero distrutto, avevo bisogno di riposare. Lui mi guardò salire le scale e poi tornò in cucina. Entrai nella camera da letto e mi tolsi le scarpe, mi stesi sul letto e chiusi gli occhi.

Mi ricordai della prima volta che avevo visto Berenice, in quel pub, le nostre passeggiate, i baci, gli sguardi che promettevano un'altra vita. Avrei voluto avere la forza dei codardi per cancellare tutto. Dimenticare il viso di Lilith, le sue parole pronunciate a fatica nei nostri primi incontri, i suoi disegni, il suo timido sorriso e quegli occhi che potevano ipnotizzarti.

Ma non ci sarei riuscito. Forse non ce l'avrei mai fatta.

Il mistero di quei giorni rimase un mistero.

Il tempo passò. E portò via le cose, come il mare trascina lontano i relitti di un naufragio.

Trascorsi in solitudine le settimane successive, in un limbo, provando a mettere ordine nei pensieri e cercando risposte che non arrivarono mai.

Poi, lentamente, ripresi la vita normale, il mio lavoro, gli allenamenti in palestra, persino le frequentazioni in cui il mio amico Francis mi trascinò, con azioni rudi e affettuose.

Berenice, dopo aver trascorso un lungo periodo nei Cotswold, decise di trasferirsi in Italia, con sua sorella, nella campagna toscana. Mi scrisse una lettera da Firenze, che ancora conservo: la loro vita aveva preso una direzione diversa, più serena, le sue ricerche le davano grandi soddisfazioni e Lilith sembrava finalmente libera dai suoi incubi.

All'università Berenice aveva conosciuto un professore di Storia dell'Arte, molto brillante, e avevano preso a frequentarsi. Mi voleva bene, chiuse così la sua lettera, ma le nostre vite, così piene di tormenti, meritavano di trovare una spon-

da sicura, che entrambi non saremmo stati forse in grado di regalarci.

Sì, il tempo passò. Un giorno di primavera, doveva essere la fine di aprile, mentre passeggiavo per Hyde Park, incontrai per caso Eleazar van Helsing. Era inginocchiato, chino su una piantina di ortica, che accarezzava delicatamente, nonostante le foglie urticanti.

"Pastore Van Helsing, ha intenzione di occuparsi di tutti i parchi della città?"

"Palamides! Come sta?"

Sorridemmo. Nei mesi precedenti non avevo ceduto alla tentazione di cercarlo perché temevo che la sua compagnia mi avrebbe ricondotto a quelle giornate tumultuose di dicembre. Non volevo più provare a capire. Desideravo lasciarmi tutto alle spalle e dimenticare.

Incontrarlo fu invece una sorpresa piacevole, e trascorremmo un intero pomeriggio a chiacchierare seduti al tavolino di un bar all'aperto; lui mi raccontò delle sue nuove e mirabolanti scoperte sulle proprietà di alcune rare piante officinali, di cui andava fiero, e io dei miei studi, che dopo un po' di tempo avevo ripreso con rinnovata energia.

Non toccammo l'argomento del nostro precedente incontro, come se per un tacito accordo entrambi avessimo deciso che parlarne non sarebbe servito. Ma ebbi come la sensazione che lui sapesse, che avesse intuito. Soltanto prima di lasciarci, fece cenno alla nostra ultima conversazione.

"Caro Leonardo, sono contento di averla trovata con questa nuova luce negli occhi. Lei ha avuto la ventura di varcare, come me in passato, un confine pericoloso. Ha attraversato terre inesplorate dalle quali è difficile fare ritorno. Oggi sono felice di constatare che, così come avevo immagi-

nato, lei invece è riuscito a tornare. Ma il suo resta un destino di viaggiatore."

"Viaggiatore?"

"Sì, le avventure, a volte terribili, che ci portano nei territori oscuri delle anime perse, e ci mettono dinanzi alle paure più inconfessabili, in fondo sono come dei viaggi, con una partenza e un ritorno."

"Non sono affatto sicuro di voler viaggiare ancora."

"Temo che non dipenda solo da lei."

Ci stringemmo la mano e ci salutammo. Gli promisi che sarei andato a trovarlo di tanto in tanto.

Penso ancora spesso a quell'uomo saggio e inquieto, con quel guizzo ferino negli occhi.

Gli amici sono un bene prezioso, il suo sguardo e le sue parole in un tiepido pomeriggio primaverile, mi diedero molta fiducia e mi fecero pensare che, sebbene il destino avesse già sottoposto la mia esistenza a prove assai dure, la vita doveva avere un senso proprio grazie agli incontri che il caso mi avrebbe riservato. Perfino a quelli meno attesi e pericolosi.

Quando rientrai a casa c'era ancora il sole. I raggi entravano obliqui e accendevano le superfici di riflessi magnifici. Sulla consolle trovai una busta che dovevano aver consegnato a Chadwick mentre ero fuori.

Andai a sedermi sul divano e la aprii. Dentro la busta c'era un foglio piegato in due e un involucro di carta velina. Riconobbi il tratto e le grafia, erano di Lilith.

Caro Leonardo,
non scrivo mai pensando che qualcuno leggerà. Non scrivo mai le lettere, non sono capace, mi sembra sempre di non riuscire a dire quello che penso, oppure di dire quello che non penso.
Oggi però mi sono seduta in giardino, davanti a queste valli

incantevoli, e ci ho provato. È il primo giorno di primavera e tutto sembra rinascere, i prati, gli alberi, i fiori. Gli uccelli fanno a gara a chi va più veloce e suonano come un'orchestra impazzita, che non si ferma mai.
Io sto bene, se è questo che ti stai chiedendo. Vivere in Italia mi piace tanto, ho ripreso a fare le cose che non facevo più, dopo l'incidente. Lo chiamano tutti così: l'incidente. *Berenice, zio Reece. A volte penso che abbiano paura di dare un nome alle cose, e allora ne usano un altro, per scacciare via i mostri. Tutti ce li hanno, nascosti da qualche parte, i mostri.*
Quella notte pensavano che fossi diventata pazza e che non mi sarei più ripresa. Ma io non ero pazza, tu lo sai. E non è stata colpa tua se le cose sono andate così. Non è colpa di nessuno.
Mi mancano le nostre chiacchierate, le cose che mi dicevi e quelle che io riuscivo a dirti. Perché non sono riuscita mai con nessuno, a dirle. Mi manca poter mostrarti i disegni, appenderli, insieme con te, accanto a tutte le frasi che scrivevo, nella stanza dei fogli di Lilith, come la chiamavi tu. E mi dispiace che tu e Berenice abbiate rotto. Io amo mia sorella, è la mia vita, ma certe cose non potrà mai capirle, non le saprà mai. Tu sei l'unico a cui ho avuto il coraggio di raccontare le cose che nessuno saprà mai. Nessuno.
A volte penso che tu sei come un fratello che ho incontrato per caso, e che poi è sparito per colpa di quelle cose che nessuno può capire.
Però volevo dirti questo: io mi ricordo tutto. Ogni cosa di quelle settimane, di quegli ultimi giorni. Mi ricordo ogni istante di quella notte. L'avevo già vista in un sogno. Mi ricordo il salone con i letti di ferro, la vasca, la macchina dell'elettricità. Mi ricordo di lui, di quanto deve essere stato triste e solo, con tutta quella cattiveria addosso.

E mi ricordo di te. Mi hai salvata.
Ma so che non ti sarai dato pace, per tutto.
È così che succede quando passi nella stanza accanto, dove ci sono le ombre.
È difficile darsi pace.

Da qualche giorno sono fiorite le campanule, nel mio giardino. Mi sono ricordata che quelle lilla e azzurre, nelle nostre colline, le chiamano Bluebells, *ma il nome vero è* Hyacinthoides non-scripta. *In latino significa giacinto senza segni, è un piccolo fiore senza segni, senza parole.*
Come sono stata io, forse, per tanti anni.
E allora ho deciso che da grande mi chiamerò così, Lilith Bluebell.
E non avrò paura.

Addio, Leonardo,
ti voglio bene.

Guardai il foglio, lo annusai, profumava di erba selvatica. Presi il piccolo involucro di carta velina e lo aprii. Dentro c'era un meraviglioso fiore azzurro.

Rimasi a guardarlo. Poi mi sedetti al pianoforte e rimasi fermo a lungo. E suonai, a lungo, come facevo da ragazzo. Mi sentii in pace, per la prima volta dopo tanto tempo.

Quando lasciai il salone per andare a dormire, passai davanti allo specchio d'ingresso. Sulla superficie ossidata, tra le macchie più scure, come tracciate dalle dita nude, mi parve di scorgere due lettere.

Poi sparirono, così come erano apparse.

Come un saluto, sussurrato, nel buio.

L.B.

Oggi il cielo autunnale è rigato da una pioggia leggera. Cammino in quello stesso parco, come allora, e mi sembra, in questa remota stagione dell'esistenza, che la mia giovinezza in fondo, nonostante tutto, sia stata bellissima.

Nell'attraversamento tumultuoso della mia vita piena di pericoli, ho più volte superato la frontiera dell'inconoscibile, e quello che conservo ha disegnato ogni ruga del mio viso. Lasciandomi solo, nel mondo.

Ma oggi non potrei rinunciarci.

Vorrei però che i ricordi di quella stagione magnifica e terribile fossero consegnati ad altri, come una cosa vera e vissuta. E poco importa che le immagini che attraversano lo scenario affollato della memoria siano il frutto dell'immaginazione del ragazzo di allora, oppure le fantasie di un vecchio che non si è stancato di vivere.

Mentre chiudo l'ultima pagina di questo diario, penso che domani sarà un giorno nuovo.

E forse ci sarà il sole.

E ricomincerò a scrivere, instancabilmente.

Per ritornare a quei giorni.

E ad altri ancora, che dovrò raccontare, perché il mio sforzo non sia stato invano.

Fino a che ci saranno, i giorni.

Non è importante, del resto, che quello che ricordiamo sia davvero accaduto.

È importante continuare a ricordare.

L.B.P.